AF222365

Nasty Prickteaser und die entführten Kinder

Jacqueline Grabowski

Nasty Prickteaser

und

die entführten Kinder

Bibliografische Information der Deutschen
Nationalbibliothek
Die Deutsche Nationalbibliothek verzeichnet
diese Publikation in der Deutschen
Nationalbibliografie; detaillierte bibliografische
Daten sind im Internet über
http://dnb.d-nb.de abrufbar

Foto: Korionov by dreamstime.de
© 2011 Jacqueline Grabowski
Herstellung und Verlag:
Books on Demand GmbH, Norderstedt
ISBN 9783842356504

Es war gerade 02:00 Uhr in der Nacht, als Nasty das schrille Klingeln vom Telefon aus ihrem schönen Traum riss. Völlig verschlafen und orientierungslos griff sie nach dem Hörer. Müde und grummelig brummte sie ein kurzes "Ja, wer spricht da?" in die Muschel. Wer um Himmelswillen stört mich mitten in der Nacht, dachte sie, als sie das leise Wimmern eines kleinen Jungen vernahm.

"Es ist so dunkel..., die Tür ist geschlossen, er will mich holen!" Plötzlich wurde es am Telefon totenstill. Der kleine Junge schwieg. Nasty hatte ja schon viele verrückte Anrufe in ihrem Beruf, aber dieser kleine Anrufer ließ sie hellwach und kerzengerade im Bett sitzen.

"Von wo aus rufst du an?" "Wer bist Du?", fragte sie ihn. Außer das leise Atmen am Telefon war nichts zu hören. "Sprich mit mir. Nenn mir deinen Namen", rief sie in den Hörer. Der kleine Junge musste vor Angst fast sterben. Wie sollte sie ihm nur helfen? Was konnte sie tun? Nasty lauschte gespannt, als sie im Hintergrund Geräusche vernahm. Es hörte sich an wie das starten oder landen eines Flugzeuges. Noch bevor sie den Jungen fragen konnte ob im Hintergrund ein Flugplatz sei, brach die Verbindung ab.

Wie alt mochte dieser kleine Junge wohl gewesen sein? Vielleicht sechs oder sieben Jahre? Egal wie alt dieses Kind auch war, eines stand auf jeden Fall fest; das Kind benötigte Hilfe! Also zog Nasty sich an und machte sich auf den Weg zur Polizei.

Es waren nur ein paar Minuten Fußweg zum Präsidium und so saß sie keine 30 Minuten später vor einem Polizeibeamten.

Aufgeregt erzählte sie ihm, was ihr gerade widerfahren war. Der Beamte hörte aufmerksam zu und nickte nur gelegentlich, sagte aber während der ganzen Zeit kein einziges Wort. Als sie mit ihrer Erzählung zu Ende war nickte er ihr kurz zu, griff nach dem Hörer und rief einen Kollegen an. Er berichtete in Kurzform von Nastys Geschichte, schüttelte kurz den Kopf und legte den Hörer auf die Gabel. Er stand auf, ging um den Tisch und bat sie, ihm zu folgen. Ein paar Türen weiter las sie auf dem Türschild den Namen: *Hauptkommissar Hubert Schuppenliepert, Abteilung für Sonderfälle / Vermisste Personen.*

Der Beamte klopfte einmal kurz und öffnete die Tür. Ein älterer Herr, Ende 40 Jahre, sportliche Figur mit leicht angegrautem Haar, kam ihnen freundlich lächelnd entgegen, reichte Nasty die Hand und stellte sich als Hubert Schuppenliepert vor. Was für ein witziger Name für so einen attraktiven Herrn dachte sie noch, bevor sie sich als Nasty Prickteaser ebenfalls vorstellte. Er bat sie höflich, Platz zu nehmen und ihre Geschichte zu wiederholen.

Sie erzählte also noch einmal in kurzen Sätzen was sie dem Beamten mitgeteilt hatte und wartete nun auf eine Reaktion des Hauptkommissars. Immer wieder dachte sie an den kleinen Jungen und fragte sich ernsthaft, was dieser gerade tat. Hockte er noch immer in seinem Versteck und wartete auf ihre Hilfe? Der Kommissar schien ihre Gedanken zu erraten. Er nahm einen Ordner und legte diesen auf den Tisch. "Sehen Sie hier Frau Prickteaser, 9 vermisste Kinder und wir tappen im Dunkeln. Keine Anzeichen, warum diese Kinder entführt wurden. Alles kleine Jungen im Alter von 6 und 7 Jahren. Sie verschwanden meist spurlos nach der Schule auf dem Weg nach Hause und niemand hat je etwas von Ihnen gehört oder gesehen. Die ganzen Entführungen begannen vor 14 Tagen und es ist mir ein Rätsel, warum diese Kinder entführt wurden. Die Familien der Kinder kennen sich nicht untereinander und es gibt bisher auch keinerlei Anzeichen für Gemeinsamkeiten, außer dass alle diese Kinder Jungen und 6 -7 Jahre alt sind. Wir stehen vor einem Rätsel Frau Prickteaser!"

"Herr Schuppenliepert, der Anrufer heute Nacht muss sich ganz in der Nähe eines Flughafens aufgehalten haben, kann man denn da nicht ansetzen?" "Das werden wir tun, Frau Prickteaser, aber es gibt hier in Berlin und Umgebung mindestens 3 Flughäfen, dass dauert seine Zeit bis wir die Gelände durchsucht haben. Ich möchte Sie bitten, wieder nach Hause zu gehen und abzuwarten, ob sich der Anrufer erneut bei Ihnen meldet. Sollte dies der Fall sein, rufen Sie mich bitte sofort an. Egal wie spät es auch sein sollte." Er gab Nasty seine Karte und lächelte sie dabei freundlich an. Wouw, was für tolle Augen dieser Mann hat schoss es ihr in den Kopf, als er sich bei ihr für die Informationen bedankte. Sie gab ihm höflich die Hand und verabschiedete sich.

"Ach, Frau Prickteaser, einen kleinen Moment noch bitte, könnten Sie mir bitte ihre Daten überlassen? Falls ich noch Fragen haben sollte, würde ich mich gerne an Sie wenden!" Nasty gab ihm ihre Visitenkarte und verschwand nach draußen in die Nacht, oder sollte sie lieber in den frühen Morgen sagen? Inzwischen war es schon

4.30 Uhr früh und Nasty merkte, wie ihr langsam der Hunger kam. Müde trottete sie Richtung Heimat und ging noch kurz bei Paul vorbei, um frische Brötchen zu holen. Paul war ihr Bäckermeister und versorgte sie schon in den frühen Morgenstunden mit frischen Brötchen und Kaffee. Fast täglich machte sie einen Abstecher zu Paul wenn sie von der Arbeit kam und hielt noch einen kleinen Plausch mit ihm, bevor sie nach Hause ging. Heute jedoch war ihr nicht nach reden zumute und sie hielt sich nur kurz bei ihm auf. Ein paar Minuten später saß sie gähnend auf ihrem Bett mit einer Tasse Kaffee und einem leckeren Brötchen in der Hand und wartete darauf, dass das Telefon klingelt und ihr kleiner Anrufer wieder ein Lebenszeichen von sich gab.

*

Nasty Prickteaser, Müllerstr. 66 in Berlin Wedding sowie die dazugehörige private Telefon- und Handynummer und die Geschäftsadresse las Kommissar Schuppenliepert auf der Visitenkarte, die er gerade von der hübschen Blondine erhalten hatte. Er schätzte ihr Alter auf zirka Ende 30. Das erste, was ihm an ihr auffiel als sie durch die Tür kam, war ihr zartes Gesicht mit den strahlend blauen Augen und den schulterlangen, gewellten blonden Haaren. Dass sie dazu noch eine schlanke Figur besaß, machte diese Frau zu einer Schönheit. Bei dem Gedanken an sie musste er unwillkürlich schmunzeln. Er würde sicherlich einen Grund finden, um sie wiedersehen zu können, da war er sich hundert Prozent sicher, aber nun sollte er sich lieber erst um die vermissten Kinder kümmern. Die Aussage von Frau Prickteaser mit dem Flughafen war ein erster Hinweis, dem er unbedingt nachgehen wollte.

*

Irgendwo hier muss doch der Junge stecken, dachte sich Johannes. Weit kann er noch nicht gekommen sein. Auf diesem Gelände ist alles abgesperrt, ich muss nur dafür sorgen, dass alle Eingänge abgeschlossen sind. Wie konnte ihm nur dieser Fehler unterlaufen? Wie blöd von ihm. Beim nächsten Mal werde ich wohl besser aufpassen müssen, dachte er und machte sich auf die Suche nach dem Jungen. Ihm war klar, dass er ihn irgendwann finden würde. Es fehlten ihm nur noch drei Kinder, dann konnte er sein Werk vollenden. Dann werde ich allen zeigen, wer Johannes ist! Die Welt sollte fühlen, wie er sich gefühlt hatte, als er vor langer Zeit verstoßen wurde.

Er dachte an sein zuhause. Sein zuhause, das so weit weg von hier lag. Jenseits dieser Welt, in der er sich gerade befand. Er hatte lange gesucht bis er einen Weg fand, der es ihm möglich machte, zwischen den Welten hin und her zu gelangen. Nun war seine Zeit gekommen. Was für Narren diese Menschen doch sind. Was wollen Sie gegen mich ausrichten? Sie sind klein und schwach, dachte sich Johannes und ging laut lachend den Stollen entlang bis zum Eingang des Bunkers, in dem sich die Kinder befanden, die er sich bereits geholt hatte.

*

Nasty Prickteaser hatte nichts mehr von dem kleinen Jungen gehört. Auch von dem Kommissar hatte sie nichts gehört. Sie fragte sich, ob der

Kommissar die Kinder finden konnte. Ihre Informationen waren nur sehr dürftig gewesen, aber vielleicht konnte der Kommissar durch ihre Information über den Flughafen etwas erreichen. Sie wurde in ihren Gedanken unterbrochen, als Tom die Tür zu ihrem Studio öffnete. Nasty, die in der Zwischenzeit wieder ihre Arbeit aufgenommen hatte, ging auf ihn zu und begrüßte ihn mit einem freundlichen Klaps auf den Po. "Hallo Tom, Schätzchen. Schön dich zu sehen. Komm doch rein." Tom war schon lange ein Kunde von Ihr. Sie mochte ihn. Er war nicht besonders groß und leicht untersetzt, hatte dunkles, kurzes Haar und trug eine Nickelbrille. Er war 35 Jahre alt und eine herzensgute Seele, der keiner Fliege etwas zuleide tat. Sie hatte sich schon öfter gefragt warum Tom einfach keine Frau fand. Vielleicht lag es an seinem Gehfehler, den Tom schon seit seiner Kindheit besaß. "Geh' schon mal ins rote Zimmer, befahl Sie. Ich komme gleich nach." Es war gerade mal kurz nach 14:00 Uhr. Tom kam meist zur Mittagszeit, wenn noch nicht allzu viel Betrieb in ihrem Studio herrschte.

Tom kannte den Weg schon. Er ging den Flur entlang bis zum hintersten Zimmer. Ihm gefiel das Zimmer. Überall hingen rote Seidentücher an den Wänden. Der Raum war leicht abgedunkelt und mit einer roten Leuchte versehen. In der Mitte stand ein Bett auf einer Plattform, mit roter Bettwäsche ganz in Seide gehalten. Manchmal drehte sich die Plattform wenn Nasty es wollte. Über dem Bett hingen Handschellen aus Leder, die an der Zimmerdecke befestigt waren. Jeweils rechts und links der Bettkante befanden sich Gurte, die ebenfalls aus Leder waren sowie Fußriemen zum Anschnallen, die Nasty gerne für ihn verwendete. In der Ecke des Raumes befand sich ein lederner Sessel mit einem Leopardenfell drauf, in dem Nasty saß wie eine Königin. Für ihn war sie eine Königin. Sie sollte alles mit ihm machen was sie wollte. Er würde ihr gehorchen.

Soll er Nasty nachher berichten, was er gesehen hatte? Sie kannte ihn schon länger und würde ihm vielleicht glauben. Aber wie sollte sie ihm glauben, wenn er selbst nicht sicher war, was er gesehen hatte? Vielleicht hält sie ihn für verrückt? Während Tom noch überlegte ob er mit Nasty über das, was er gesehen hatte sprechen sollte, entkleidete er sich schon mal und zog sich den kurzen Lederanzug an. Er wollte schon mal vorbereitet sein wenn sie ins Zimmer kam. Der Lederanzug war eng und drückte ihn an den Hüften. Der Anzug ging ihm von unterhalb der Brustwarzen bis zu seinen Beinen kurz oberhalb der Knie. Es blieb lediglich ein Loch für seinen Penis und seinen Genitalbereich, die nackt hervorguckten. Um seinen Hals band er sich das weiche Lederhalsband mit den Nieten, das er mit zwei dünnen Lederriemen jeweils rechts und links mit dem Lederanzug verband.

Sekunden später öffnete sich die Tür und Nasty Prickteaser betrat den Raum. Was für ein Anblick, dachte sich Tom. Dort stand Sie nun im Türrahmen, selbstbewusst und dominant. In der rechten Hand hielt sie lässig ihre schwarze Lederpeitsche mit leicht geriffeltem Griff und langen, glatten Lederriemen, die bis zum Boden reichten und dort locker auflagen. Ihre linke Hand hatte sie an ihre Hüfte gelegt. Sie trug ein hautenges Kostüm, was besonders gut zu ihrer Figur passte und ihre langen schlanken Beine gut zur Geltung brachte. Tom konnte ihre Brustwarzen deutlich durch das enge Kostüm erkennen, was seine Lust auf Nasty nur noch mehr steigerte. Auch ihr Dreieck war deutlich sichtbar unter dem Leder zu erkennen und ließ bei Tom Hitze aufsteigen. Die Farbe des Kostüms war ganz in Rot gehalten, passend zu der Farbe des Raumes, in dem sie sich aufhielten. Dazu trug sie hochhackige Schuhe mit dezenten schwarzen Fransen, die ebenfalls in Rot gehalten waren und bis hinauf zum Knie gingen. Am Knie wurde der Schuh etwas breiter und bot dadurch mehr Bewegungsfreiheit. In diesen Schuhen konnten nur geübte Frauen laufen, ohne sich die Füße zu brechen, aber für Nasty war das kein Problem. Sie trug täglich in ihrem Studio solche Schuhe, sodass sie darin laufen konnte wie andere Menschen in Turnschuhen laufen.

Zu ihrem hautengen Kostüm trug sie eine rote Maske, die nur ihre wunderschönen blauen Augen, ihre blonden Haare und ihren knallrot geschminkten Mund frei gab. Die Kleidung war aus samtweichem Leder. Nasty genoss es immer wieder, diesen Lederanzug zu tragen. Immerhin hatte sie auch eine Menge Geld dafür bezahlt. Um ihre Hüften trug sie einen schmalen schwarzen Gürtel mit kleinen Nieten versehen und einen Lederriemen, an dem sie eine kleine Tasche mit einem Karabinerhaken befestigen konnte. In dieser Tasche bewahrte Nasty oft Utensilien auf, die sie bei ihren Kunden zur Anwendung brachte. Unter anderem ihre spanischen Kugeln.

"Was starrst du mich so an", fauchte Nasty Tom entgegen. "Geh' und verzieh' dich in deine Ecke wo du hingehörst." So schnell Tom konnte, kroch er auf allen Vieren hinters Bett. Seine Gehbehinderung hinderte ihn jedoch, sich schneller vorwärts zu bewegen. Nasty, der das alles zu langsam ging, folgte ihm mit langsamen Schritten, gab ihm schließlich mit ihrer Schuhspitze einen Tritt in sein Hinterteil und beförderte ihn so unsanft in seine Ecke. "Beeile dich gefälligst", befahl sie. "Und hör auf zu heulen, sonst weißt du ja, was dir blüht."

Leicht lächelnd fing sie an, ihre Peitsche zu schwingen, die sie noch immer in ihrer rechten Hand hielt. Eine kurze schnelle Bewegung und schon knallte es direkt neben Tom auf dem Boden. Er zuckte zusammen. Nasty lachte. "Hab dich nicht so", fauchte sie ihn erneut an. "Geh' endlich auf deinen Platz und gebe Ruhe." Sie beherrschte ihr Instrument perfekt. Sie konnte knallhart und gezielt zuschlagen, aber auch ganz sanft mit den Riemen streicheln. Sie hatte mit ihrer *Freundin*, wie sie ihre Peitsche liebevoll nannte, viele Stunden üben müssen, um so perfekt mit ihr umgehen zu können. Sie wollte ja niemandem ernsthaft schaden oder sogar verletzen. Für Nasty war es ein Spiel, ein Schauspiel, in dem sie sagte wo es lang geht und dabei war ihr ihre Freundin sehr hilfreich. Außerhalb ihres Berufes war sie natürlich anders. Nur in ihrem Studio, da musste sie die Harte spielen. Tom kroch stöhnend vor ihr her. Es war nicht mehr als ein kleiner Läufer, auf dem er schließlich mit schmerzverzerrtem Gesicht liegen blieb. Sein Bein schmerzte und es war hart und ungemütlich auf dem Boden. Der Läufer nahm nicht viel von der Härte des Bodens, aber er wollte auch nicht unzufrieden sein. Er fing an zu winseln, jammerte.

"Bitte schlag mich nicht. Ich mach ja was du willst, aber schlag mich nicht." Tom war unsicher, er zitterte ein wenig. Nasty konnte sehr böse sein, wenn er nicht gehorsam war. Er lag da, völlig zusammengerollt auf dem Boden; wie ein kleiner Hund, der etwas Verbotenes getan hatte.

Nasty schaute lässig auf Tom herunter. Wie hilflos er doch auf sie wirkte und dennoch konnte Sie keine Rücksicht darauf nehmen. Sie führte ihr Studio auf höchstem Niveau und dazu gehörte es eben auch, dass Sie sich bei jedem Kunden vorher ihre Gedanken machte, was für ein Programm sie mit ihm durchführen wollte.

Für jeden ihrer Kunden hatte sie sich eine Karteikarte angelegt, in der sämtliche Informationen wie z.B. Name, Alter, Geschlecht, Vorlieben, Kleidungswünsche, Gewohnheiten, etc. genauestens festgehalten wurden. Sie wusste, dass Tom auf Leder, Schmerz und Demütigung stand und behandelte ihn auch so. Erst die totale Demütigung brachte Tom den sexuellen Höhepunkt, den er in einer gewöhnlichen Partnerschaft nicht erlangen konnte. Einige ihrer Kunden hatten Wünsche wie Tom sie hatte. Sie hatten im Laufe der Zeit ihr Studio kennen gelernt und wussten, dass sie ihren Job gut machte. Das konnte man auch an den hervorragenden Geschäftszahlen erkennen.

Vor ein paar Jahren noch, als sie ihr Studio eröffnete, war sie froh, dass sie gerade mal so ihre Miete fürs Studio aufbringen konnte, aber durch ihre guten Leistungen und durch die tolle Mundpropaganda kommen nun immer mehr Kunden, sodass sie sich mittlerweile keine finanziellen Sorgen mehr machen muss.

Unterstützung hat sie in ihren Kolleginnen Carmen und Sylvia gefunden, die ebenfalls lange genug dieses Geschäft ausüben, sowie ihre gute alte Lady Miriam, die das Studio sauber hält und immer ein wachsames Auge auf ihre drei Schäfchen hat. Miriam ist schon über sechzig, aber immer gut drauf. Sie strotzt vor Gesundheit und bringt stets eine Kleinigkeit für die Damen mit, wie z.B. selbst gebackenen Kuchen und erledigt kleinere Besorgungen. Nasty weiß, dass sie sich zu Hundertprozent auf die drei verlassen kann, was ihr natürlich die Führung ihres Studios in großem Maße erleichtert.

Noch leicht ihren Gedanken nachhängend, wurde sie durch Toms tiefes atmen wieder an ihre eigentliche Aufgabe erinnert. Er schaute ängstlich zu Ihr hinauf. Noch bevor sie dazu kam weitere Anweisungen zu erteilen, flehte er sie an, ihn nicht weiter zu schlagen. Er würde ihr auch alles sagen, was er gesehen hatte. „Was will Tom nur damit sagen"? überlegte Nasty. Sie hatte nicht die geringste Ahnung, warum Tom so reagierte. Sie entschied, die Bemerkung einfach zu überhören. "Hör auf zu jammern, sonst....!" Doch Tom unterbrach sie erneut im Satz.

"Was willst du denn?" "Warum unterbrichst du deine Herrin immer? Du bist ungehorsam. Dafür sollst du nun büßen." Sie war gerade im Begriff ihre *Freundin* zu erheben, als Tom von der Gestalt zu erzählen begann, die er vor einigen Nächten im Park gesehen hatte.

Es war kurz vor Mitternacht, als ihm diese Gestalt begegnete. Wie so oft konnte Tom nicht schlafen. Also beschloss er, sich eine Flasche Bier aus dem Kühlschrank zu holen und noch etwas fern zu sehen. Er trank gerne mal abends ein Glas, aber an diesem Abend musste er feststellen, dass sein Bier ausgegangen war. Da er aber so richtig Appetit darauf hatte, beschloss er sich nochmals anzuziehen und kurz beim Imbiss vorbei zu gehen.

Obwohl es schon spät und dunkel war, beschloss er die Abkürzung durch den kleinen Park zu nehmen. Es war nur ein kleiner Park, aber auch auf ihn wirkte hier alles eng und unheimlich in der Dunkelheit. Hin und wieder brannte eine kleine Laterne, um die Wege zu beleuchten. Kein Wunder, dass um diese Uhrzeit kein Mensch hier entlang läuft, dachte er sich.

Umso erstaunter war Tom, als er vor sich eine Gestalt erblickte. Mit einer Größe um die 1,90 m und mit breiten Schultern, auf denen das blonde, gewellte Haar leicht auflag. Sie trug einen langen schwarzen Mantel, der fast bis zu den Knöcheln reichte und auch der Rest der Kleidung war ganz in schwarz gehalten. Irgendetwas verunsicherte Tom an diesem Mann, aber er konnte nicht sagen, was genau es war. Noch hatte Tom das Gesicht des Mannes nicht erkennen können. Lag's am Mantel? Es war ein herrlich warmer Sonnentag heute gewesen und auch die Nacht erschien noch im lauwarmen leichten Wind nicht unangenehm.

Warum trug dieser Mann einen langen Mantel als wäre hier die Winterzeit ausgebrochen? Merkwürdig, was es für eigenartige Wesen gibt. Er wollte lieber etwas langsamer gehen und näher an den Büschen bleiben, damit ihn der Fremde nicht sehen konnte. Seine Ausstrahlung hatte etwas Kaltes; auch roch er streng, so nach alten verfaulten Essensresten, so dass Tom ein beißender Geruch in die Nase stieg und das, obwohl doch einige Entfernung zwischen ihm und dem Unheimlichen bestand.

Der Fremde ging ohne sich umzuschauen den Weg entlang Richtung Ausgang des Parks, als er plötzlich stehen blieb. So als ob er etwas gehört hatte, schaute er sich um und lauschte. Den Rücken Tom zugewandt, drehte er sich ganz langsam um und blickte in die Richtung von Tom, dem vor Schreck fast das Herz stehenblieb. Noch immer konnte er das Gesicht des Fremden nicht erkennen. Schnell duckte Tom sich in die kleinen Büsche, die sich auf seiner Höhe befanden in der Hoffnung, nicht entdeckt zu werden. Sein Herz fing immer schneller an zu schlagen. Er hörte das Ticken seiner Armbanduhr, die im Takt seines Herzschlages zu rasen schien. Nervös schaute Tom auf die Uhr. Sie zeigte nur noch wenige Sekunden bis Mitternacht. Obwohl ihm die

Gestalt so viel Angst einjagte, konnte er den Blick nicht von ihr lassen. Er musste sie einfach anstarren. Der Fremde ging ein paar wenige Schritte rückwärts und blieb im Lichtschein einer kleinen Laterne stehen. Toms Uhr zeigte genau Mitternacht, als Johannes seine Arme weit ausbreitete und seinen Kopf dem Himmel entgegenstreckte. Tom stockte der Atem. Er konnte kaum glauben was er sah. Er hörte noch ein kurzes Grollen, als plötzlich ein greller Blitz direkt in den Körper des Fremden einschlug. Er hörte Johannes laut lachen und weg war er.

Tom glaubte seinen Augen kaum zu trauen. Eben noch stand unter dieser Laterne ein Mensch und nun ist dieser wie vom Erdboden verschluckt. Wer oder was auch immer diese Gestalt sein mochte, hier ging etwas nicht mit rechten Dingen zu. Es schien, als käme sie aus einer anderen Welt, wohin sie gerade wieder verschwunden war. Starr vor Angst und Schrecken blieb Tom noch einige Minuten in den Büschen stehen. Er konnte sich nur wenig bewegen und sein Bein begann zu schmerzen. Ohne es zu merken hatte er unbewusst eine verkrampfte Haltung eingenommen, die nun sein krankes Bein zu spüren bekam. Leise vor sich hin fluchend ging er so schnell es ihm möglich war zurück durch den Park nach Hause.

Immer wieder schaute er sich um ob der unheimliche Mann nicht doch nochmals auftauchte. Sein Appetit auf Bier war ihm vergangen.

Wem sollte er von seinem Erlebnis berichten? Zur Polizei gehen machte keinen Sinn. Die würde ihn doch nur für einen einsamen alten Irren halten. Wahrscheinlich würde sie behaupten er hätte zu tief ins Glas geschaut und Gespenster gesehen. Zuhause angekommen, ging Tom erst mal zum Schrank und goss sich einen doppelten Schnaps ein. Den konnte er jetzt gut gebrauchen. Während er so an seinem Drink nippte, überlegt er, mit wem er wohl über sein Erlebnis reden konnte. Mit irgendwem muss ich darüber sprechen, sonst drehe ich hier durch, dachte er sich. Plötzlich fiel ihm Nasty Prickteaser ein. Mit ihr hatte er bisher sämtliche Sorgen besprochen. Sie hatte ihm bisher immer ein Ohr geliehen, wenn er Probleme hatte. Mit ihr wollte er reden sagte er sich, bevor er zu Bett ging und sich die Bettdecke bis über beide Ohren zog.

Nasty stand völlig regungslos da. Sie hatte Tom erzählen lassen, ohne ihn zu unterbrechen. In ihrem Kopf ging es drunter und drüber. Konnte diese unheimliche Gestalt etwas mit den

Entführungen der Jungen zu tun haben? Oder lag hier ein Zufall vor?

Erst verschwinden lauter kleine Jungen, dann der mysteriöse Anrufer und nun noch dieser unheimliche Fremde aus einer anderen Welt? Tom schaut Nasty an! Was sollte sie sagen? Sie konnte ihn nach all dem, was sie selbst in der Nacht erlebt hatte, nicht für verrückt erklären. Außerdem glaubte sie ihm. Sie wollte mehr wissen. Sie interessierte sich für den genauen Ort und den Abend, von dem Tom berichtete. Sie wollte so bald wie möglich Kommissar Schuppenliepert davon erzählen. Vielleicht würde es ihn einen Schritt weiterbringen auf der Suche nach den Kindern. Außerdem konnte sie ihn dann wiedersehen. Sie musste doch zugeben, dass sie des öfteren an den attraktiven Kommissar denken musste.

Nasty beendet ihr Programm mit Tom und versichert ihm noch mal, dass sie ihm glaubt und nicht für verrückt hält. Sie erwähnt kurz die entführten Kinder und teilt ihm mit, dass sie denkt, dass die geschehenen Ereignisse im Zusammenhang stehen könnten. Sie bittet Tom, die Augen offen zu halten und vorsichtig zu sein, da sie ihn doch lieb hat und nicht als Mensch und Kunden verlieren möchte. Sie gibt ihm noch einen freundlichen Klaps auf den Po und verabschiedet sich.

*

Tom war froh, dass er sich Nasty anvertraut hatte. Er fühlte sich jetzt deutlich wohler in seiner Haut. Nasty hatte auch von seltsamen Ereignissen gesprochen, die sich in letzter Zeit zugetragen hatten. Er nahm sich vor, am Abend noch einmal in den Park zu gehen und die Augen nach dem Unbekannten offen zu halten. Er wollte versuchen, trotz seiner Behinderung eine Hilfe zu sein. Vielleicht wäre er ja dann ein großer Held und die Menschen würden ihn nicht mehr wegen seiner Behinderung anstarren und meiden. Tom wollte einmal in seinem Leben ein geachteter Mensch sein.

Gleich heute würde er beginnen und sich abends im Park aufhalten. Doch vorher wollte er sich noch eine kleine Pistole besorgen, um sich vor eventuellen Angriffen zu schützen.

*

Nasty hatte sich umgezogen und trug nun wieder eine enge, aber bequeme Blue Jeans, die ihre schlanken Beine betonte. Dazu eine sportliche Hosenbluse die locker um ihre Hüften hing. Ihre schwarzen High Heels verliehen dem Ganzen seine weibliche Note. So lief Nasty gern rum. Sportlich elegant. Mit ihren strahlend blauen Augen und den blonden Haaren war sie ein Blickpunkt für sämtliche Männerherzen. Sie wusste um ihre Vorzüge, die Sie auch gerne hin und wieder einsetzte.

Außer Tom hatte Nasty heute keine weiteren Kunden mehr und auch ihre beiden Kolleginnen hatten einen ruhigen Abend zu erwarten. Daher verabschiedete sie sich bei Lady Miriam für den Rest des Tages und verließ das Studio.

*

Sebastian saß zitternd in der Ecke und lauschte. Durch eine Unachtsamkeit des Fremden hatte er fliehen können. Nun suchte dieser Fremde nach ihm. Sebastian konnte seine Schritte hören und es war, als spürte er seinen Atem. Er hielt die Luft an, aus Angst, der Andere könnte ihn hören. Er machte sich ganz klein, so klein, wie es in seiner Situation nur möglich war.

Er war gerannt, die Straße entlang. Verschwand dann rechts in einer offenen Haustür und lief durch den Hausflur bis zum Ende, wo er vor einer kleinen Mauer zum Stehen kam. Vor der Mauer standen mehrere Mülltonnen. Er sprang auf eine der Mülltonnen hinauf und schaute hinüber. Auf der anderen Seite befand sich eine weite Fläche aus Rasen. Er ließ sich an der Rückseite der Mauer herabhängen und sprang die kurze Distanz zu Boden. Er hatte sich nicht umgedreht, lief immer nur gerade aus. Rechts und links von dem Weg, auf dem er lief, befanden sich Gräber mit Kreuzen. Es war schon dunkel und er war sich ziemlich sicher, dass er sich auf einem Friedhof befand. Am Ende des Weges angekommen, sah Sebastian eine Wagenburg. In einigen der Wagen sah er Licht durch die kleinen Fenster leuchten, doch er traute sich nicht, dort anzuklopfen und um Hilfe zu bitten. Es konnte ja sein, dass diese Leute mit dem fremden Mann gemeinsame Sache machten. Auf der rechten Seite der Wagenburg befand sich ein beschädigter Wagen mit einem Loch, das so klein war, dass nur ein Kind, wie er es war, hineinschlüpfen konnte. Der Rest des Wagens war mit diversen Brettern vernagelt. Er krabbelte so schnell es nur ging durch das kleine Loch.

Nun saß er hier und lauschte nach den Schritten des Fremden. Er war ganz nah und doch konnte er Sebastian nicht sehen. Er kam immer näher, die Schritte wurden lauter. Sebastian zitterte am ganzen Körper. Plötzlich war es ganz still um ihn herum, nichts war mehr zu hören, als er plötzlich die Umrisse des Fremden am Fenster sah. Er hielt die Luft an; nur nicht atmen dachte sich Sebastian. Bleib ganz ruhig, nicht bewegen. Sein Herz hämmerte in seiner kleinen Brust. Nun schaute der Fremde durchs Fenster, doch er konnte nichts sehen. Auch Sebastian konnte das Gesicht nicht erkennen. Die Scheiben waren dreckig und es war zu dunkel, um irgendetwas zu sehen. Nur die Umrisse spiegelten sich im Fensterrahmen.

Langsam und leise entfernten sich die Umrisse vom Fenster. Er hörte das Klopfen an eine der Türen. Die Tür öffnete sich und es war ein kurzes, aber intensives Stimmengemurmel zu hören. Wenige Minuten später endete das Gespräch. Schritte entfernten sich vom Wagen bis kurze Zeit später kein Laut mehr zu vernehmen war. Es herrschte absolute Stille.

Sebastian wusste nicht genau wo er war, denn der Fremde hatte ihn auf seinem Weg nach Hause entführt. Eigentlich hatten sie immer am Dienstag bis 16:00 Uhr Unterricht. Da aber seine Lehrerin heute einen wichtigen Termin hatte, endete für die Kinder die Schule schon um 15:00 Uhr. Sebastian und sein bester Freund Steven verbrachten noch zusammen auf dem Schulgelände zirka eine Stunde. Sie hatten Fußball gespielt und lachten über die Witze, die Steven erzählte.

Steven war wie Sebastian 10 Jahre alt, jedoch zwei Köpfe größer als er. Sie waren schon seit dem Kindergarten befreundet. Wann immer es möglich war, hingen die beiden zusammen. Ihm war es egal, dass Sebastian kleiner war als die anderen Kinder. Sebastian war sein Kumpel und mit ihm konnte man Pferde stehlen. Er war in der schweren Zeit immer für ihn da, als sich seine Eltern trennten, gab ihm Trost oder nahm ihn bei gemeinsamen Unternehmungen mit, die er mit seinem Vater unternahm.

Während Sebastian mit seinem Vater alleine wohnte, wohnte Steven bei seiner Mutter. Sie hatten schon öfter versucht, ihre Eltern zu verkuppeln, doch irgendwie wollte es ihnen nicht gelingen.

Sie hatten beschlossen, in den nächsten Tagen einen neuen Versuch zu wagen, ihre Eltern einander näher zu bringen. Sie wechselten noch kurz ein paar Worte, bevor sich ihre Wege trennten und sich jeder auf den Heimweg machte.

Sebastian fing an zu weinen. Er war erst letzten Monat 10 Jahre alt geworden. Es war sein zweiter Geburtstag ohne seine Mutter. Wäre Sie doch nur hier und könnte ihn in den Arm nehmen. Er hätte keine Angst mehr! Er wurde ganz traurig, als er an seine Mutter dachte. Sie war vor zwei Jahren bei einem Autounfall ums Leben gekommen. Seitdem wuchs er als Einzelkind bei seinem Vater auf. Er hatte ein tolles Verhältnis zu ihm. Sie hatten gemeinsam viel Spaß und waren viel am Lachen, spielten zusammen Fußball und unternahmen alles, was zu zweit Spaß macht. Sein Vater, von Beruf Rechtsanwalt, erzählte oft von seiner Mutter und wie sehr Sebastian ihr ähnelte. Sie war eine bekannte Leichtathletin im

Siebenkampf gewesen und Sebastian hatte viel von ihr geerbt.

Auch er war sehr schlank und extrem sportlich. So oft es ging, war er zu ihren Lebzeiten mit auf dem Sportplatz und trainierte gemeinsam mit ihr. Sie hatte ihn immer liebevoll meinen kleinen Hüpfer genannt. Der Grund dafür war seine Größe gewesen. Seitdem er laufen lernte fiel den Eltern auf, dass er immer kleiner war als andere Kinder in seinem Alter. Diverse Besuche bei Ärzten konnten keine Klarheit bringen, was der Grund für seine Wachstumsstörung sein könnte. Somit wirkte er immer 3-4 Jahre jünger als andere Kinder in seinem Alter. Es machte ihm jedoch nichts aus; seine Eltern liebten ihn und das reichte ihm. Die Ärzte versicherten seinen Eltern, dass er total gesund sei und irgendwann würde er schon seinen Wachstumsschub bekommen. Er war zwar klein, aber an Liebe und Intelligenz fehlte es ihm nicht. So wie er von seiner Mutter die sportliche Seite und ihre Figur vererbt bekommen hatte, so vermittelte ihm sein Vater Interesse an Büchern. Ganz besonders interessierten ihn Naturwissenschaften und Geschichte. Wann immer er sich mal nicht auf dem Sportplatz oder bei seinen Freunden rumtrieb, hing seine Nase in den Büchern. Sein

Vater brachte ihm schon früh das Lesen bei, sodass es ihm keine Probleme bereitete, Bücher zu lesen, die noch nicht seinem Alter entsprachen.

Nach dem Tod seiner Mutter musste Sebastian schon früh lernen, selbständig zu werden, da sein Vater öfter aus beruflichen Gründen erst abends heim kam. Es machte ihm aber nichts aus. Mittagessen bekam er in der Schule, die meist erst um 16:00 Uhr endete, da er in einer Ganztagsschule untergebracht war. Sie war auch nur ein paar Häuserblocks von seinem Zuhause entfernt, sodass er höchstens 10 Minuten von der Schule nach Hause brauchte. Seine Hausaufgaben erledigte er schon in der Schule und lange musste er nie auf seinen Vater warten.

Er konnte sich schon selbst eine Kleinigkeit zum Essen zubereiten, machte für seinen Vater und sich das Frühstück und half so gut er konnte im Haushalt mit, um seinen Vater zu unterstützen. Aber meistens verwöhnte ihn sein Vater, sodass er mehr Zeit mit lesen und Sport verbringen konnte. Ab und zu ging er auch zu seinem besten Freund Steven, wo ihn dann sein Vater nach der Arbeit abholte.

Jetzt, nachdem alles ruhig um ihn herum war, traute er sich wieder zu bewegen. Er erhob sich langsam und schaute sich um. Er konnte schemenhaft die Umrisse der Gegenstände und den Inhalt des Wagens erkennen. Rechts von ihm befand sich eine kleine Küchenzeile mit diversem, zerbrochenen Geschirr und alten Kochtöpfen und Pfannen. In der Mitte des Wagens stand ein altes zerschlissenes Sofa, das mit einer Plastikplane überzogen war. Wahrscheinlich hatte schon vor ihm jemand diesen Wagen als Unterschlupf benutzt. Auch ein beschädigtes Sideboard aus Holz befand sich an der hinteren Wand des Wagens. Diverse leere Packungen von Fertiggerichten lagen verstreut am Boden. Als er die Verpackungen sah, fiel ihm wieder ein, dass sich sein Magen schon mehrfach gemeldet hatte. Gottseidank hatte er sich auf dem Nachhauseweg noch ein paar Riegel Schokolade gekauft. Er zog einen aus seiner Hosentasche und überlegte, während er ihn aß, was er nun tun könnte.

Hier ewig sitzen zu bleiben ist keine Lösung. Er muss irgendwie seinen Vater informieren, da dieser sicher schon vor Sorge umkommt. Sebastian beschließt, noch in seinem Versteck zu bleiben und abzuwarten, bis es richtig dunkel und spät ist. Auf seiner Uhr kann er erkennen, dass es gerade mal kurz vor 21:00 Uhr ist. Er will bis nach Mitternacht warten in der Hoffnung, dass die Bewohner der Wagenburg bis dahin schlafen. Er wird sich dann in eine der anderen Unterkünfte schleichen und versuchen, ein Handy zu organisieren, womit er dann Hilfe rufen kann.

*

Nasty zog es automatisch in die Gegend, von der Tom erzählt hatte. Sie fuhr mit ihrem Golf bis in die Nähe des Parks und parkte ihren Wagen in eine der Seitenstraßen. Völlig in Gedanken versunken ging sie die Straße entlang und überlegte, was sie tun könnte. Sollte sie noch einmal Kommissar Schuppenliepert anrufen und fragen ob er Neuigkeiten hätte? Wenn sie doch nur einen Anhaltspunkt hätte. Wonach sollte sie denn auch suchen? Tom hatte ihr zwar den Mann beschrieben, nur würde sie ihn auch erkennen? Sie wollte ein bisschen im Park spazieren gehen. Vielleicht würde ihr ja eine Idee kommen, wenn sie sich die Gegend anschaute, in der sich der Unbekannte aufgehalten hatte und dann auf so mysteriöse Weise verschwand.

Der Park befand sich in Neukölln, in der Nähe des S+U Bahnhofs Hermannstraße.

Sie ging die Straße entlang zum Park. Überall wo man hinschaute, sah man Sperrmüll und Abfall herumliegen; Dreck in den Häusereingängen und beschmierte Wände. Die meisten Leute, die hier wohnten, lebten von Harz IV. Sie lebten in den Tag hinein, ohne sich um sich selbst oder ihre Umwelt zu kümmern. Die Mieten waren günstig und die Wohnungen verfügten häufig über große Quadratmeterzahlen, sodass hier automatisch meist Familien mit mehreren Kindern wohnten. Die Jugendlichen hingen oft in Gruppen herum und vertrieben sich ihre Langeweile, indem sie zusammen in Parks abhingen oder vertrieben sich ihre Freizeit mit kriminellen Handlungen. Raub, Überfälle oder Straftaten in Verbindung mit Drogen waren hier keine Seltenheit. Die wenigen Menschen, die hier in diesem Bezirk noch Arbeit hatten, zog es über kurz oder lang raus aus dem Stadtteil.

Sicherlich gab es auch einige Leute, die einen guten Beruf ausüben und über ausreichend Geld verfügen und diesen Bezirk nicht verließen. Sie liebten das Flair von Cafe, Restaurant und ihre multikulturelle Szene. Die Menschen sind kontaktfreudig, offen und tolerant.

Nasty war inzwischen im Park angekommen. Sie schlenderte einige Zeit auf den kleinen Wegen entlang, vorbei an kleinen Spielplätzen und Wiesenflächen, auf denen einige Leute auf Decken lagen, ein Buch lasen oder mit ihren Hunden Frisbee spielten. Sie konnte nichts Ungewöhnliches entdecken. Sie glaubte auch die Stelle passiert zu haben, von der Tom berichtet hatte. Die Stelle lag direkt am Hauptweg, der einmal durch den ganzen Park führte.

Sie setzte sich auf eine Bank am Wegesrand und dachte nach. Was konnte sie tun? Hier zu warten brachte nichts. Noch war um diese Uhrzeit zu viel los. Es war noch früh am Abend. Sie beschloss also ins Studio zu fahren, um nochmal mit Kommissar Schuppenliepert zu telefonieren. Vielleicht hatte er ja neue Informationen? Sie wollte ihm auch von Toms Erzählungen berichten.

Am späten Abend wollte sie dann wieder hierher kommen. Nasty hoffte, dass der Unbekannte nochmal in den Park kommen würde. Sie wollte ihm dann folgen, um so das Versteck des Jungen zu finden. Vielleicht würde der Kommissar sie ja begleiten? Sie würde ihn fragen!

 Nasty rief kurz im Studio an, um Lady Miriam zu sagen, dass sie nochmal kurz vorbeikommt. Nachdem sie von Lady Miriam gehört hatte, dass heute keine Kunden mehr erwartet wurden, gab sie auch ihren beiden Kolleginnen für den Rest des Abends frei. Sie beendete das Gespräch und erhob sich von der Bank, um schnellen Schrittes zu ihrem Wagen zu kommen. Keine 15 Minuten später startete Nasty den Motor ihres Golfs und brauste in Richtung Studio davon.

*

Kommissar Schuppenliepert hatte versucht, zuhause ein paar Stunden zu schlafen, doch seine Gedanken hingen immer wieder an seinem aktuellen Fall, sodass an Schlaf nicht wirklich zu denken war. Er musste immer wieder an die hübsche Blondine denken und was sie ihm erzählt hatte. Nach ein paar wenigen Stunden unruhigen Schlafs und ständigem rumwälzen im Bett, stand er unausgeschlafen auf und beschloss, wieder ins Büro zu fahren. Er nahm noch schnell eine Dusche, aß eine Kleinigkeit und machte sich dann auf den Weg ins Büro. Die Dusche hatte ihm gut getan. Er konnte wieder einen klaren Gedanken fassen und überlegte seine nächsten Schritte. Frau Prickteaser hatte die Geräusche von Flugzeugen erwähnt. Das war auf alle Fälle ein Anhaltspunkt, dem er unbedingt nachgehen wollte. Er griff zum Hörer und rief den Beamten im Vorzimmer an. Sein Name lautete Müller. "Müller, schnappen Sie sich Hansen und kommen Sie in mein Büro." Drei Minuten später standen die beiden bei ihm im Büro. "Müller, Sie haben die Geschichte von Frau Prickteaser gehört." Hansen wurde in die Geschehnisse eingeweiht. Er nickte nur kurz. Kommissar Schuppenliepert hatte eine große Berlinkarte auf seinem Tisch ausgebreitet. Gemeinsam betrachteten die Männer die Karte und überlegten, welche Versteckmöglichkeiten im Umfeld der einzelnen Flughäfen möglich wären. Nach Durchsicht der Karte kamen die Männer zu dem Entschluss, dass eigentlich nur zwei Flughäfen in Frage kommen würden. Der eine wäre in Tegel, der andere in Berlin Tempelhof. Sollte sich der Junge in Tegel aufhalten, würde es sicherlich kaum möglich sein, ihn zu finden. Rund um den Flughafen Tegel befindet sich viel Wald. Hier jemanden zu finden, ist fast unmöglich. Dennoch wollten sie nichts unversucht lassen, die kleinen Kinder zu finden und den Täter zu stellen. "Hansen, Sie fahren nach Tegel, nehmen Sie sich noch zwei Kollegen mit und informieren sie mich, sobald Sie näheres wissen." "Müller, Sie kommen mit mir. Wir fahren zum Flughafen Tempelhof." Er gab Hansen noch schnell eine richterliche Anordnung mit zur

Durchsuchung des Flughafens und sauste mit Müller in Richtung Tempelhof davon.

Sie waren 30 Minuten später dort. Sie fuhren erst die Strecke mit dem Auto außerhalb des Flughafengeländes ab, um irgendwelche Anhaltspunkte zu finden und versuchten dabei, sich die Umgebung genauestens einzuprägen. Sie fuhren den Tempelhofer Damm entlang und bogen dann rechts ab in den Columbiadamm Richtung Neukölln. Sie konnten jedoch nichts Auffälliges entdecken. Am Ende des Columbiadamms bogen sie erneut rechts ab und fuhren die Straße am Flughafengelände entlang. Der Flughafen lag rechts von ihnen. Linker Hand lagen einige Wohnhäuser sowie ein kleiner Friedhof. Dieser lag direkt an der gegenüberliegenden Straßenseite.

Schuppenliepert hatte die Berlinkarte noch gut im Gedächtnis und konnte sich daran erinnern, dass der Friedhof am anderen Ende an der Herrmannstraße endete bzw. befand sich auf der Seite der Hermannstraße der Eingang zum Friedhof. Sie fuhren weiter, umrundeten einmal das Gelände. Sie parkten ihren Wagen und betraten den Flughafen. Kommissar Schuppenliepert nahm den Kontakt zum Leiter des Flughafens auf und schilderte die Situation.

Dieser bot sofort seine Hilfe an und gemeinsam mit Müller durchkämmten sie jeden Winkel vom Flughafen.

Drei Stunden später saßen der Kommissar und sein Kollege wieder im Auto und fuhren Richtung Kommissariat. Die Suche war leider erfolglos und auch Hansen hatte zwischenzeitlich übers Telefon eine erfolglose Suche gemeldet.

In seinem Büro wieder angekommen, hielt der Kommissar seine Ergebnisse schriftlich fest. Er versuchte aus dem Inhalt irgendwelche Anhaltspunkte zu ziehen, doch leider kam er zu keinem Ergebnis.

Er entschied sich, eine Kleinigkeit zu essen und anschließend Frau Prickteaser aufzusuchen. Sie hatte erwähnt, länger auf der Arbeit zu sein, daher wollte er sie direkt dort besuchen.

*

Nach dem letzten Anruf des Jungen waren inzwischen mehr als 14 Stunden vergangen ohne weitere Reaktion von ihm. Nasty hoffte auf Informationen von dem Kommissar, aber auch der hatte sich bisher nicht mehr gemeldet. Sie war mittlerweile im Studio angekommen. Ihre Jacke hing ordentlich auf dem Haken im Flur. Ihre Kolleginnen hatten bereits wie vereinbart Feierabend gemacht und so befand sich Nasty allein im Studio. Während nebenan in der kleinen Küche die Kaffeemaschine in den letzten Zügen blubberte, zog sich Nasty andere Kleidung an. Sie wechselte ihre Jeans gegen eine lange, bequeme schwarze Lederhose aus Nappaleder sowie ihre Bluse gegen ein enganliegendes Shirt, was die Form ihrer Figur sowie ihre Rundungen besonders zur Geltung brachte. Nasty hatte diese Kleidung ganz bewusst ausgewählt. Sie hoffte, nachher den Kommissar nicht nur telefonisch zu sprechen, sondern ihn auch persönlich zu sehen. Sie wollte ihm anbieten, gemeinsam eine Tasse Kaffee trinken zu gehen, um den Fall zu besprechen. Sie musste unwillkürlich lächeln, als sie an den Kommissar dachte. Er gefiel ihr und sie hatte den Eindruck gehabt, dass dies auf

Gegenseitigkeit beruhte. Die Blicke, wie er sie im Kommissariat anschaute, sprachen Bände. Ihr war klar, dass ihr Äußeres nicht seine Wirkung verfehlen würde, was ja auch ihr Ziel war, denn sie wollte auf keinen Fall, dass der Kontakt nach dem Fall beendet sein würde.

Sie kann den Geruch von frischem Kaffee schon riechen. Erst einmal eine heiße Tasse trinken, bevor ich den Kommissar anrufe denkt sich Nasty gerade, als sie im Nebenzimmer Geräusche wahrnimmt. Es hört sich an, als wehe ein Wind durch ein geöffnetes Fenster. Hatte Lady Miriam vielleicht vergessen, die Fenster zu schließen? Sie steht auf, um nachzusehen. Doch plötzlich ist nichts mehr zu hören. Totenstille im Zimmer nebenan. Na, da habe ich mich wohl verhört, denkt sie sich und greift erneut zu ihrer Tasse. Doch plötzlich, nur wenige Minuten später, hört sie erneut diese Windgeräusche im Nebenzimmer. Nasty zieht ein Schauer über den Rücken. Draußen war schönes Wetter gewesen, wie konnten da Windgeräusche im Zimmer sein? Sie steht auf, um nachzusehen. Mit langsamen Schritten geht sie den kleinen Flur entlang zu dem Raum nebenan. Es war das rote Zimmer, in dem Tom ihr von dem mysteriösen Unbekannten erzählt hatte. Die Geräusche werden immer lauter, je näher sie der Tür kommt. Leise

Stimmen sind zu vernehmen. Erst ganz leise, so dass Nasty nichts verstehen kann, dann aber werden sie lauter. "Bitte hilf ihm", klingt es durch die geschlossene Tür. Immer wieder und wieder. Es hört sich an wie der Klang eines Echos.

Nasty zittert, aber sie geht wie magisch angezogen auf die Tür zu. Nun steht sie davor, völlig regungslos und starrt auf die Türklinke.

Soll sie lieber weglaufen und den Kommissar um Hilfe bitten? So viele Gedanken gehen ihr durch den Kopf. Was befindet sich hinter der Tür? Nasty zittert am ganzen Leib doch sie kann nicht anders, als stehen zu bleiben. Ihre Glieder sind schwer wie Blei. Sie hypnotisiert die Türklinke in der Hoffnung, dass sie nur träumt und diese Stimmen nicht real sind. Doch mitten in ihren Gedanken vernimmt sie wieder diese Hilferufe: "Bitte hilf' ihm." Im Zeitlupentempo greift sie zur Türklinke.

Nasty steht im Türrahmen und erstarrt. Sie traut ihren Augen kaum. In der Mitte des Raumes, über dem Bett, befindet sich im schwebenden Zustand eine junge Frau, umrahmt von strahlend hellem Licht. Die Luft scheint zu knistern. Diese Frau scheint, als wäre sie transparent und doch sichtbar. Eine kühle Brise weht Nasty ins Gesicht und reißt sie aus ihrer Erstarrung. "Komm näher, komm näher, hab keine Angst", haucht die Gestalt. Was für eine wunderschöne Frau, denkt sich Nasty, als sie langsam auf die Gestalt zugeht. Sie ist sehr schlank und musste einst sehr sportlich gewesen sein. "Komm näher, noch näher", haucht die Frau erneut. "Du musst ihm helfen! Bitte hilf ihm", wiederholt sie immer wieder und wieder. "Wer bist du und wem soll ich helfen?", fragt Nasty als sie endlich wieder ihre Fassung gewonnen hat. Sie spürt inzwischen, dass ihr hier keine Gefahr droht und trotzdem will sie Vorsicht walten lassen. Sie geht ganz langsam in Richtung ihrer Peitsche. Sie will sich im Notfall damit wehren.

Die Gestalt scheint ihre Gedanken erahnen zu können und ein Lächeln huscht über das Gesicht. "Fürchte dich nicht. Nimm deine Peitsche ruhig in die Hand falls du dich damit sicherer fühlst. Ich werde dir nichts tun!" Nasty greift zu ihrer Freundin und auch zu dem kleinen Beutel mit den spanischen Kugeln. Sie legt den Gürtel um ihre Hüfte und befestigt ihn. Jetzt fühlt sie sich sicherer. Die Frau lächelt Nasty während dieser Sekunden an und wartet geduldig. "Nun, fühlst du dich besser"? Es scheint, als könnte sie ihre

Gedanken lesen. "Ja, etwas", antwortet Nasty. Ihr Zittern hatte sich etwas gelegt. "Wer bist du und wem soll ich helfen, fragt sie erneut?"

"Meinem Sohn, Sebastian!" "Wer ist das?", fragt Nasty. "Du hast gestern Nacht mit ihm gesprochen", flüstert die Frau. "Du bist seine Mutter?" Über Nastys Gesicht macht sich Erstaunen breit. "Was kann ich tun, was du nicht selbst kannst? Du hast doch viel mehr Macht als ein normaler Mensch." "Das ist richtig, hier in meiner Welt existieren Magie und Macht. Doch hier regiert auch das Böse, du hast sicherlich schon davon gehört. Man nennt sie in eurer Welt Dämonen oder Vampire, das Böse hat viele Namen. Der Teufel steht über allen Dämonen und wer sich ihm anschließt, erhält einen Teil seiner Fähigkeiten. Die, die jedoch der guten Seite angehören, hält der Teufel mit einem Bann in Schach und hält sie in einer Zwischenwelt gefangen. Auch mich hält er gefangen. Er kann die, die an das Gute glauben, nicht töten, aber er kann unsere positive Magie teilweise blockieren, sodass wir sie nicht vollständig außerhalb unserer Welt einsetzen können. Darum brauche ich deine Hilfe. In deiner Person steckt so viel Liebe und Glauben an das Gute, dass ich dir ein

Teil unserer Magie geben möchte. Du brauchst sie, um Johannes zu besiegen. Er will Rache dafür, dass man ihn vor sehr langer Zeit als Verräter an Jesus verstoßen und verjagt hatte. Er ist ein Diener des Teufels geworden und möchte heute um Mitternacht sein Werk vollenden und 12 Kinder zu seinen Jüngern machen. Dafür muss er sie töten und in unsere Welt holen. Neun von ihnen hält er bereits gefangen, zwei hat er sich vor wenigen Minuten geholt und schleppt sie gerade zu den anderen Kindern."

Nasty hat die ganze Zeit wie gebannt der schönen Frau zugehört. Sie ist sprachlos. Wie soll sie den Kindern helfen? Sie weiß doch gar nicht, wo dieser Johannes und die Kinder sind, geschweige denn wie dieser Kerl aussieht. Wo soll Sie nur suchen. Bis Mitternacht sind es nur noch wenige Stunden. Nasty beginnt zu zweifeln. Wie kann sie einem Dämon gegenübertreten und ihn besiegen? Etwas Böses, das über Magie verfügt und sie wie ein kleines Licht ausblasen kann?

"Mein Sohn Sebastian ist ihm entwischt. Er versteckt sich." Nasty unterbricht die Frau. "Wo versteckt er sich? Wie kann ich ihn finden? Als er mich heute Nacht anrief, habe ich im Hintergrund Geräusche von Motoren gehört, die sich anhörten wie auf einem Flugplatz." "Er versteckt sich in einem Wagen", antwortet Sebastians Mutter. Ich kann es sehen. Es sieht aus wie ein Wagen, indem man wohnen kann. Es gibt mehrere davon, in denen man wohnen kann. Ich kann ihm nicht helfen. Ich sehe ganz in der Nähe einen Friedhof, aber Johannes hat einen Bann darüber ausgelegt, sodass meine Kraft nicht ausreicht, um Sebastian zu schützen.

Er weiß, wo Sebastian sich versteckt hält. Er wird ihn sich heute Abend holen. Hilf' ihm, bitte lass nicht zu, dass seine Rache in Erfüllung geht. Es sind doch Kinder, sie sind noch so jung. Sie haben noch so viel zu erleben. Hilf' diesen Kindern, hilf' meinem Sohn!"

Die Stimme wird leiser. "Der Teufel, er zerrt an mir. Ich muss gehen." Das Licht wird schwächer. "Wie kann ich Sebastian helfen, wie?" Nasty hört sich schreien, schreit der Frau die Worte zu. Sie sieht wie das Licht immer schwächer wird. "Benutze deine Fähigkeiten, benutze deine Fähigkeiten", hört sie die immer leiser werdende Stimme rufen. "Wenn du deine Peitsche benutzt, kannst du ihre Kraft verstärken. Spreche die Aktivierungsformel laut aus: "Licht der Engel, leuchte gegen das Böse."

Nasty steht da, völlig regungslos, ihre Peitsche in

der Hand, als ein greller Strahl wie ein Blitz ihren Körper erfasst. Sie spürt absolute Wärme. Es scheint, als würde ihr Körper von innen verbrennen. Sie steht inmitten eines Lichtstrahls, der in gelblicher Farbe schimmert. Es hat den Anschein, als lege sich ein Schutzschild um ihren Körper. Ihre Peitsche und der Beutel mit den spanischen Kugeln fangen an, wie Feuer zu glühen. Ein letztes Knistern und ein leiser Hauch einer Stimme: "Bitte, hilf ihm" ist das letzte, was Nasty hört, bevor sie in die Knie sinkt und erschöpft am Boden liegen bleibt.

Sie weiß nicht wie lange Sie am Boden gelegen hatte, bevor sie durch ein Klingeln wieder zu sich kommt. Erneut ist das Klingeln, diesmal intensiver, zu hören. Ja, ja, ich komme ja schon, brummt Nasty bevor sie sich mühsam vom Boden erhebt. Mit noch ein wenig wackligen Knien macht sie sich auf den Weg zur Tür. Ihr Körper fühlt sich irgendwie anders an. So warm, und doch fühlt sie sich nicht unwohl. Es ist eine angenehme Wärme.

Mit der Peitsche in der Hand öffnet sie die Tür, als es erneut klingelt.

*

Mit der Visitenkarte bewaffnet hatte sich Kommissar Schuppenliepert auf den Weg zu Frau Prickteaser gemacht. Er hatte das Auto stehen lassen, da sich die Arbeitsstelle der hübschen Blondine nicht weit entfernt von seiner Dienststelle befand. Nur wenige Minuten später stand Kommissar Schuppenliepert vor seinem Ziel. Über der Tür hing ein Schild in dezenten Farben, auf dem stand Studio Nasty Prickteaser. Durch ein kleines Schaufenster an der Seite der Fassade konnte der Kommissar einen kleinen Blick in das Innere des Ladens werfen. Es war dunkel, doch er konnte einen kleinen Flur erkennen, der im Winkel zum Fenster lag. Mehr Einblick war dem Kommissar jedoch nicht möglich. Sieht wohl so aus als wäre Frau Prickteaser außer Haus, dachte sich der Kommissar, aber er wollte dennoch sein Glück versuchen und betätigte die Klingel rechts neben der Eingangstür. Es könnte ja sein, dass die hübsche Blondine sich in einem der hinteren Räume aufhielt, die von der Straße her nicht einsehbar waren. Er wartete kurz. Keine Reaktion. Er trat einen Schritt nach rechts, presste seine Nase an die Schaufensterscheibe und guckte erneut hinein. Wieder sah er nichts. Er wollte sich gerade abwenden, als ihm plötzlich im hinteren Teil des Geschäftes ein Licht auffiel. Dieses Licht war ungewöhnlich hell und schimmerte in gelblicher Farbe. So plötzlich wie er das Licht sah, verschwand es auch wieder. Es waren nur wenige Sekunden bevor es wieder dunkel wurde hinter der Scheibe.

Irgendetwas stimmte dort nicht. Das sagte ihm sein Gefühl. In all den Jahren bei der Polizei hatte der Kommissar genug Erfahrungen sammeln können und mehr als nur einmal hatte ihn seine Vorahnung nicht getäuscht. Er musste etwas tun, aber was? Ein weiterer Zugang ins Geschäft war nicht sichtbar, also klingelte er noch einmal. Diesmal aber länger, intensiver. Wieder keine Reaktion. Er nahm eine Kreditkarte aus seiner Brieftasche während er nebenbei erneut seinen Finger auf den Klingelknopf hielt. Er wollte versuchen mit der Karte das Türschloss zu knacken. Doch bevor er sie ansetzen kann, öffnet sich die Tür. Er glaubt seinen Augen nicht zu trauen. Sein erster Blick landet in strahlend blauen Augen. Die Augen, die ihn heute Morgen in der Früh so beeindruckt hatten. Doch das ist nicht der einzige Grund, der ihm die Sprache verschlägt. Vor ihm steht eine Frau in hautengen schwarzen Lederhosen, schwarzen High Heels und einem enganliegendes Shirt, das ihre weiblichen Rundungen besonders betont. Um Ihre Hüfte gebunden trägt sie einen Gürtel, an dem ein kleiner Beutel befestigt ist und in ihrer rechten Hand hält sie eine schwarze Peitsche, deren Lederriemen lässig den Boden berühren.

*

Sebastian schreckte hoch. Er musste eingeschlafen sein, denn als er das letzte Mal auf seine Armbanduhr schaute, war es gerade kurz nach 21:00 Uhr, nun zeigte die Uhr kurz nach 01:45 Uhr in der Nacht. Er rieb sich die Augen und streckte langsam seine Glieder von sich. Er lag noch immer auf dem alten Sofa. Es roch nach Staub und die Federn drückten in seinen Rücken, aber es war immer noch besser als auf dem Boden zu liegen. Langsam erhob er sich und ging leise und in geduckter Haltung zum Fenster. Vorsichtig schaute er hindurch. Nichts war zu sehen oder zu hören. Auch im Nachbarwagon waren inzwischen die Lichter erloschen und ein leises Schnarchen drang durch die Tür. Sebastian kroch durch das kleine Loch wieder hinaus, in das er auch rein gekrochen war. Sein Herz klopfte so laut, dass er glaubte, die ganze Welt würde es schlagen hören. Er überlegte kurz, ob er nicht über den Friedhof schleichen sollte bis zum anderen Ende des Hauptweges, wo sich der Haupteingang befand. Doch dann schüttelte er seinen Kopf. Der Eingang würde bestimmt verschlossen sein und über die Mauer konnte er nicht klettern, da er zu klein dafür war. Der Weg, von dem er gekommen war, war ebenfalls verschlossen, sodass ihm nur der Weg durch die Wagenburg blieb. Hier gab es ein schmales Tor. Dort wollte er hindurch und so schnell wie möglich nachhause laufen oder Hilfe suchen. Sein Vater musste doch schon völlig umkommen vor Sorge. Er hatte das Tor schon vom Wagon aus sehen können. Nun ging er ganz leise zum Tor, um es ein kleines Stückchen aufzudrücken. Nur so viel wie er benötigte, um hindurch zu klettern. Sebastian blieb wie erstarrt stehen. Er schluckte. Das, war er sah, konnte nicht wahr sein. Die Bewohner der anderen Wagen hatten aus Sicherheitsgründen eine Kette um die einzelnen Tore gebunden, sodass ein Öffnen des Tores nicht möglich war. Die Kette wurde so eng angelegt, dass auch er trotz seiner geringen Größe nicht hindurch konnte. Er musste also bis morgen warten. Tränen rollten ihm über die

Wangen. Er wollte so tapfer sein und doch merkte er wie sehr ihm sein Vater fehlte. Sein Papa, ja der würde ihn jetzt beschützen; ihn in den Arm nehmen und diesen bösen Mann verjagen. Doch jetzt war er allein und er wollte versuchen einen Weg zu finden, um Hilfe zu holen.

Er wischte sich mit den Ärmeln die Tränen von den Wangen, spannte seine Muskeln an und drehte sich um. Mit leichtem Schritt schlich er zur Tür des Wagens, in dem das leise Schnarchen zu hören war. Er griff zur Klinke und drückte sie ganz langsam runter. Diesmal hatte er mehr Glück. Die Tür war nicht verschlossen. Auf leisen Sohlen betrat Sebastian den Wagen. Ein leichter Lichtschimmer von der Straßenlaterne ermöglichte ihm einen besseren Überblick. Auch dieser Wagen wurde in einzelne Wohnbereiche aufgeteilt. Die Schlafecke befand sich im hintersten Teil, leicht versteckt hinter einer spanischen Wand aus Holz. Das war gut so für Sebastian, so konnte er sich ein wenig besser umsehen. Dann sah Sebastian das, worauf er so gehofft hatte. Auf einer Kommode sah er ein Handy liegen. Schnell griff er zu und wollte verschwinden, als ihm bewusst wurde, dass im Wagen nichts mehr zu hören war. Totenstille. Kein schnarchen. Nichts. Sebastian stand still.

Völlig bewegungslos. Würde der Schnarcher ihn ertappen? Warum fürchtete er sich denn so? Hier konnte er doch Hilfe erwarten, oder vielleicht doch nicht? Er hatte den bösen Mann mit dem Besitzer sprechen sehen. Sie hatten beide gelacht und sich beim Verabschieden die Hand geschüttelt. Es ist besser, hier keine Hilfe zu erwarten. Vielleicht standen die beiden ja unter einer Decke. Sebastian beschloss, lieber selbst für Hilfe zu sorgen. Er hatte ja jetzt ein Handy. Mit dem wollte er sich wieder zurück schleichen und seinen Vater anrufen. Der würde ihn dann sicher abholen und vielleicht sogar die Polizei mitbringen.

Die würden sich dann um den bösen Mann kümmern. Minuten verstrichen. Sebastian stand noch immer auf demselben Fleck und bewegte sich nicht. Ein rascheln der Bettdecke war zu hören. Puh, Gottseidank, dachte Sebastian. Sekunden später fing er an zu lächeln. Ein für ihn beruhigendes Geräusch war zu hören. Es hatte wieder angefangen zu schnarchen. So leise wie Sebastian gekommen war, verschwand er auch wieder aus der Tür. Nebenbei hatte er sich jedoch noch das Brot und die Flasche Saft geschnappt, die noch vom Abendessen auf dem Tisch standen.

Minuten später hockte er wieder auf dem Sofa mit dem Handy in der Hand und fluchte vor sich hin. Das Handy, das er mitgenommen hatte, besaß kaum noch Saft. Der Akku war fast runter. Würde es noch für einen Anruf ausreichen? Mittlerweile zeigte die Uhr kurz vor 02:00 Uhr in der Nacht. Es war dunkel und Sebastian konnte die Zahlen kaum erkennen. Er kannte die Telefonnummer von zuhause auswendig. Immerhin hatte er schon oft seinen Vater angerufen. Noch eine Ziffer und bestätigen. Ein Freizeichen war zu hören. Noch hielt der Akku. Ein weiteres Freizeichen, doch niemand nahm den Hörer ab. Sein Vater musste ihn doch hören. Sebastian ließ klingeln und klingeln. "Geh endlich ran Papa. Ich bin's doch, dein Sohn", blubberte er vor sich hin, als könnte sein Vater ihn hören. Endlich ein Knacken. Am anderen Ende der Leitung wurde der Hörer abgenommen. Er wollte gerade ins Handy sprechen, als er das knurrige Brummen einer Frauenstimme vernahm. Sebastian stockte, warum sprach am anderen Ende der Leitung eine Frau? Er musste sich im Dunkeln verwählt haben. Ohne es zu wollen, begann er zu weinen. Er schluchzte ins Handy. In der Nähe waren die Motoren eines Flugzeuges zu hören. Es war so dunkel und die Türen waren verschlossen. Die Stimme wurde freundlicher, besorgter. Er schluchzte, dass ihn der böse Mann holen wollte. Sebastian weinte. Er versuchte sich zu beruhigen. Versuchte, seinen Atem zu kontrollieren. Die Frau am Telefon fragte wo er sich aufhalten würde, doch Sebastian konnte nicht antworten. Ein Kloß in der Kehle drohte, ihm den Atem zu nehmen. Er wollte versuchen, ihr zu beschreiben wo er sich aufhielt. Ihm war klar, dass diese Frau seine einzige Chance auf Hilfe war. Sie hörte sich nett an. Er wollte ihr beschreiben wo er sich befand. Ja genau, jetzt oder nie dachte sich Sebastian. Komm, reiß dich zusammen, befahl er sich selbst. Er sammelte all seine Kraft zusammen und begann zu erzählen. Dumm war nur, dass diese Frau nichts mehr von alldem hörte, was Sebastian ihr erzählte, denn gerade als er sich wieder gefangen hatte und sein schluchzen weniger wurde, hatte das Telefon seinen Geist aufgegeben. Der Akku war leer. Die Leitung war tot.

*

Was für ein leichtes Spiel, dachte Johannes, als er die Tür hinter sich verschloss. Gleich zwei auf einen Streich. Er begann zu lachen.

Wie naiv die Menschen doch sind. Es war gar nicht schwierig. Er hatte lediglich zwei Tage den Kindergarten beobachtet und wusste, welches der Kinder alleine den Weg nach Hause nahm. Das Mädchen mit den süßen kleinen Zöpfen gefiel ihm besonders gut. Das wollte er sich holen. Heute ging es jedoch nicht allein. Hand in Hand mit einer Freundin verließ das Mädchen mit den niedlichen Zöpfen lachend den Kindergarten. Nichts ahnend, dass es heute den Weg nach Hause nicht mehr erleben sollte. Erwachsene Menschen tummelten sich auf den Straßen und liefen unbeachtet an den Kindern vorbei. Niemand nahm Notiz von ihnen. Es würde ein Leichtes sein, die Mädchen zu schnappen. Johannes folgte ihnen bis zur Ampel. Die beiden kicherten. Was für ein süßer Anblick, dachte sich Johannes und baute sich hinter ihnen auf. Niemand beachtete ihn. Die Mädchen waren so mit sich beschäftigt, dass ihnen gar nicht auffiel, wie dicht Johannes hinter Ihnen stand. Die ganze Aktion dauerte nur wenige Sekunden. Johannes breitete mit einem gekonnten Schwung seinen langen Mantel auf und umschlang die beiden von hinten. Noch bevor sie reagieren konnten, umschloss der Mantel ihre kleinen Körper. Das Kichern verstummte. Johannes murmelte eine magische Formel und verschwand mit den beiden in seiner eigenen Welt. Niemand hatte etwas davon mitbekommen.

Nur wenige Minuten später durchbrach ein kurzes Flimmern die Luft und Johannes tauchte wieder auf in der realen Welt. Mit ihm gemeinsam die beiden Mädchen. Diesmal jedoch kicherten sie nicht. Sie waren vor lauter Angst wie verstummt. Johannes öffnete seinen Mantel und drängte sie nach vorne. Die Mädchen zitterten. Noch immer Händchen haltend traten Sie einen Schritt vor. Ängstlich schauten sie sich um. Sie befanden sich in einem kleinen dunklen Raum und mit Ihnen noch 9 weitere Kinder, die wie gebannt die Mitte des Raumes fixierten, wo soeben Johannes und die Mädchen aus dem Nichts auftauchten. In der Nähe waren die Geräusche von fahrenden Zügen zu hören, doch keines der Kinder wagte es, sich zu bewegen solange sich der Fremde im Raum befand.

Sie dachten an den Jungen, der den Fremden plötzlich und unerwartet vors Schienbein getreten hatte. Der hatte mit dieser Reaktion nicht gerechnet und blieb für wenige Sekunden verdutzt stehen. Dies hatte der Junge genutzt und rannte durch die noch offen stehende Tür. Diesmal jedoch hatte Johannes die Tür verschlossen gehalten. Eine weitere Flucht war somit nicht möglich.

Johannes fauchte die Kinder an. Seine Augen glühten so rot wie Feuer. "Noch ein paar Stunden und ihr gehört endgültig mir!" Für jeden seiner Brüder würde er einem Kind das Leben nehmen. So wie er damals 12 Tode gestorben war.

Er schrie regelrecht. Seine Worte überschlugen sich. "Niemand wird mich aufhalten, hört Ihr!" "Niemand!" Er lachte, lachte immer weiter. Ja so ist es gut, dachte er sich. Angst sollen sie haben. So wie er damals, als man ihn verstoßen hatte. Hinaus gejagt hatte aus seinem Dorf. Hinaus in das Unbekannte. Seine eigenen Brüder klagten ihn des Verrats an.

Sie behaupteten, er würde seinen Bruder verraten und töten wollen. Er, Johannes, der zu dieser Zeit noch seinen richtigen Namen Judas trug, sollte angeblich seinen Bruder Jesus töten wollen. Was für eine Lüge. Er hatte geschrien und geweint. Flehte um Vergebung, doch niemand glaubte ihm. Sie schlugen mit Stöcken auf ihn ein und trieben ihn unter Schlägen aus dem Dorf. Einzelne warfen Steine nach ihm und versuchten, ihn zu Tode zu prügeln. Ihm blieb nur die Flucht nach vorn. Er rannte, stürzte, erhob sich und rannte weiter. Immer weiter, bis man von ihm abließ und nicht mehr verfolgte. Selbst als niemand mehr hinter ihm zu sehen war rannte er weiter. Solange, bis er erschöpft und halb tot in der Weite des Landes zusammenbrach. Um ihn herum war nichts, nichts außer Sand. Soweit sein Auge sah gab es nur Sand. Er hatte nichts zu trinken dabei. Ihm wurde bewusst, dass es nur noch mit dem Tod enden konnte. Ohne Wasser war er verloren. Er blieb eine Weile liegen, es schien als wären es endlose Stunden. Doch irgendwann erhob er sich mühevoll und begann, sich vorwärts zu bewegen. Wanderte, lief 3 Tage immer weiter, langsamen Schrittes. Doch nichts als Sand. Keinem Menschen, keinem Tier begegnete er. Es schien als wäre er der einzige Mensch auf dieser Welt. Bis er schließlich endgültig zusammenbrach. Er betete, betete um Gnade und Rettung, doch nichts geschah. Er begann zu fluchen. Er begann seine Brüder zu hassen und schwor Rache. Er würde einen Weg finden. Niemand geht so mit Judas um. Er schrie seinen Schmerz in die Weite der Wüste. Schrie, so laut er konnte. Schrie immer wieder die Namen seiner Brüder. Jeden einzelnen Namen und schwor ihnen fürchterliche Rache.

Der Tag wird kommen und dann werde ich wieder da sein. Das verspreche ich euch, waren die letzen Worte von Judas bevor er starb.

Das leise schluchzen eines der Jungen machte Johannes noch wütender. "Hör auf zu heulen. Das nützt dir auch nichts. Um Mitternacht bist du tot." Er drehte sich auf dem Absatz um, öffnete die Tür und verschwand.

Nun brauchte er nur noch den Jungen zu holen, der ihm entwischt war. Er wusste genau wo er sich aufhielt. Es bestand jedoch keine Eile. Er benötigte den Jungen erst um Mitternacht. Bis dahin war noch genügend Zeit. Eigentlich wollte er schon gestern Nacht den Jungen aus dem alten Wagen am Ende des Friedhofes holen, doch gerade als er sich dem Wagen näherte, öffnete sich die Tür im Wagen nebenan. Der Bewohner hatte Geräusche vernommen und schaute nach dem Rechten. Als er Johannes sah fragte er, ob er jemanden suchen würde oder vielleicht Hilfe benötigte. Johannes verneinte. Er murmelte etwas von einem verlorenen Schlüssel und dass er morgen noch mal vorbei schauen würde. Er drückte dem Bewohner noch kurz die Hand, lächelte freundlich und verschwand in der Dunkelheit.

Er würde wiederkommen und den Jungen holen. Eine Flucht war unmöglich. Das Tor war verschlossen und tagsüber würde Sebastian nicht den Wagen verlassen. Zuviel Vorsicht hinderte den Jungen daran, den Wagen zu verlassen, ohne von ihm entdeckt zu werden. Er musste also nur bis zum nächsten Abend warten.

*

Es war nicht schwer für Tom, sich eine Waffe zu besorgen. Er wohnte in einem Viertel, wo Kriminelle nicht ungewöhnlich waren. Menschen, die mit Drogen oder anderen verbotenen Dingen handelten. Er wusste auch genau wo. In der Hasenheide am Hermannplatz. Er musste also nur dorthin gehen und Ausschau nach den richtigen Leuten halten. Man konnte sie gar nicht übersehen wenn man genauer hinschaute. So dauerte es auch nicht lange bis Tom eine Waffe in den Händen hielt. Nicht unbedingt groß, aber mit enormer Wirkung. Die dazugehörigen Kugeln gab es gleich mit im Paket. Tom wusste genau, wie man mit einer Waffe umzugehen hat. Früher, als sein Vater noch lebte, besuchten sie häufig gemeinsam den Schützenverein, in dem sein Vater Mitglied war. Wo ihm auch schnell der Umgang mit einer Waffe beigebracht wurde. Er hatte nie auf Menschen gezielt, sondern immer nur auf entsprechende Scheiben, aber wenn es darauf ankommen sollte, würde er auf den Fremden schießen.

Es war noch zu früh, um in den Park zu gehen. Er wollte noch bis zirka 22:00 Uhr warten, um sich dann an der gleichen Stelle, wo ihm der Fremde zum ersten Mal begegnete, auf die Lauer legen. Diesmal würde Tom nicht überrascht sein. Er würde ihm auf den Fersen bleiben und folgen. Er hoffte, somit das Versteck der Kinder zu finden, um die Kleinen zu befreien. Dann wäre er der Held und alle würden zu ihm aufschauen. Er nickte mit dem Kopf, um seine eigenen Gedanken zu bestätigen.

Fröhlich pfeifend machte er sich auf den Weg nach Hause. Er wollte sich noch etwas ausruhen, bevor er heute Abend seinen großen Auftritt hatte.

*

Kommissar Schuppenliepert staunte nicht schlecht. Es verschlug ihm regelrecht die Sprache. Er hatte schon vieles gesehen, doch was sich ihm da für ein Bild bot ließ auch ihn erstaunen. Er stand da und starrte bewegungslos auf die Frau vor ihm. Sollte das die hübsche Blondine von heute Nacht sein? Er konnte es kaum glauben. Sie musste es sein, denn diese Augen erkannte er unter tausenden.

Er konnte es nicht verhindern. Schlagartig schoss ihm sein Traum von vorhin im Büro wieder in den Kopf. Er stellte sich vor, wie er sie nach einem bezaubernden Abend nach Hause begleitete. Sie hatten sich beim Italiener getroffen und eine Kleinigkeit gegessen. Sie hatte ihn immer wieder angelächelt und klare Signale vermittelt, dass dieser Abend nicht hier enden musste. Ihr langes rotes Kleid mit einem Schlitz bis hoch zu ihren Hüften kleidete sie ausgezeichnet. Um die Taille trug sie einen schmalen silbernen Gürtel und dazu elegante Schuhe. Ihre blonden Haare hingen offen locker über die Schultern. Kein Wunder, dass er gar nicht daran dachte, ihre Signale misszuverstehen. Diese Augen, die ihn immer wieder frech anschauten und diese langen schönen Beine, die ihn hin und wieder unter dem Tisch berührten, gaben ihm doch deutlich zu verstehen, diesen Abend auf keinen Fall in der kleinen Pizzeria zu beenden. Auf dem Heimweg bei ihm untergehakt, schlenderten sie engumschlungen die Straße entlang.

In der Wohnung angekommen, stellten das Glas Wein und ein kurzer Smalltalk auf der Couch nur ein Alibi dar, um nicht gleich übereinander herzufallen. Lange saßen sie jedoch nicht auf der Couch. Bei ihrem Versuch, die Gläser in der Küche erneut zu füllen, trat der Kommissar ganz dicht an sie ran und drückte seinen Körper an ihren Rücken. Sanft umschlang er sie mit beiden Armen. Er schaute kurz über ihre Schulter zu den Weingläsern, bevor er ihr ins Ohr hauchte, ob sie beim Einfüllen Hilfe benötigte. Dabei neckte er sie, indem er sie zärtlich in den Nacken küsste. Ihm entging nicht ihre leichte Gänsehaut, die seine Berührungen erzeugt hatten. Mit langsamen Bewegungen öffnete er ihren Gürtel und ließ ihn zu Boden fallen. Dabei küsste er weiter ihren Nacken und zog sie mit sanftem Druck dichter an sich heran. Nasty wehrte sich nicht, sondern ging gerne einen Schritt zurück und ließ sich von seinen starken Armen halten. Sie drehte sich auch nicht um, sondern ließ den Kommissar gewähren. Seine Hände fingen mit kleinen Bewegungen an, ihren Körper abzutasten. Ganz langsam glitten seine Hände erst hinab zu ihren Beinen, ihrem Po und langsam wieder hinauf entlang der Taille bis zu ihren Brüsten. Erst sanft streichelnd, dann mit etwas Druck umschloss er ihre Brüste und küsste dabei weiter ihren Nacken. Nasty legte ihren Kopf nach hinten an seine breiten Schultern und genoss seine Liebkosungen. Mit ruhiger und gekonnter Bewegung griff er zum Reißverschluss und zog ihn nach unten, sodass Nastys Kleid über die schmalen Hüften zu Boden glitt. Nasty war nun bis auf ihren kleinen Slip nackt. Nichts hinderte ihn mehr. Er drehte sie zu sich und berührte dabei mit seinen Händen ihren Körper. Ihre Haut war zart und weich. Er wollte Sie überall berühren. Seine Finger wanderten auf ihrem Körper entlang während sich ihre Lippen suchten. Sie öffnete ihren Mund, sodass sich ihre Zungen finden konnten.

Sie schmiegte sich an ihn, hielt ihn engumschlungen und bewegte ihre Hüften in kleinen, kreisförmigen Bewegungen. Das machte ihn noch verrückter. Er atmete schneller und sein Herz begann zu rasen.

Er hob sie hoch und setzte sie auf die Arbeitsplatte. Während sie sich wild küssten, öffnete er mit Hilfe von Nasty seinen Hosengürtel und den Knopf seiner Anzughose, sodass diese ihm einfach an den Beinen nach unten zu Boden rutschte. Mit schnellen Handgriffen zog Nasty dem Kommissar sein Hemd aus und begann wild seine breite Brust zu küssen und zu berühren.

Die halb gefüllten Weingläser standen inzwischen unbeachtet auf ihrem Platz und wurden zum stillen Beobachter dieser Szene. Er bog ihren Körper leicht nach hinten und wanderte mit seiner Zunge ihren Oberkörper entlang, während Nasty leise stöhnte. Dass dabei die Suppenkelle und der kleine Schneebesen von den schmalen Haken an der Wandfliese fielen, ging den beiden in ihrer Ekstase völlig unter.

Nichts konnte Sie aufhalten, ihren Gefühlen freien Lauf zu lassen. Selbst dann nicht, als das kleine Gewürzbord aus der Verankerung an der Wand rutschte und die kleinen Gewürzdöschen mit dem hübschen Blumenmuster auf dem Küchenboden zerbrachen. Seine Hände glitten weiter entlang nach unten, wo sie ihren Platz zwischen ihren festen Schenkeln fanden. Mit geübtem Griff zog er ihr den Slip aus und seine Finger berührten den Innenraum zwischen ihrenBeinen mit sanften Bewegungen, bis seine Zunge auch den Weg vom Oberkörper bis nach unten zu ihrer intimsten Stelle fand. Dass Nasty seine Berührungen genoss konnte er daran erkennen, dass sich zwischen ihren Beinen Feuchtigkeit sammelte. Auch bei ihm blieben Ihre Berührungen nicht ohne Wirkung. Lange würde er sich nicht mehr kontrollieren können, daher zog er Nasty etwas zu sich heran, sodass sie ihre

Beine um seine Hüften schlingen konnte. Er hielt sie mit beiden Händen fest und zog sie so weit an sich heran, dass er in sie eindringen konnte und ihre Körper miteinander verschmolzen. Ihr Gewicht stützte er ohne Probleme mit seinen Oberschenkeln. Mit angenehmen Seufzern und schwitzenden Körpern zogen sich beide zurück ins Schlafzimmer und verbrachten dort die Nacht mit einigen Unterbrechungen bis zum Frühstück, bevor sich ihre Wege wieder trennten. Nicht aber ohne vorher vereinbart zu haben, sich wieder zu sehen.

Jäh wird der Kommissar aus seinen Gedanken gerissen. Nasty steht vor ihm und schüttelt ihn an der Schulter. Sie muss ihn zweimal ansprechen, bevor er endlich reagiert. Er merkt, wie ihm die Röte ins Gesicht steigt und die Wärme seinen Körper erfasst. Lieber Gott, lass sie nicht merken, was in meinem Kopf passiert, denkt der Kommissar, bevor er sich etwas gefangen hat und reagieren kann.

"Herr Kommissar ist alles klar mit Ihnen?", fragt Nasty. "Ja natürlich, nur muss ich doch ehrlich gestehen, etwas überrascht zu sein. Immerhin ist es für mich das erste Mal, dass mir in so einem außergewöhnlichen Outfit die Tür geöffnet wird." Nasty muss lachen. "Da könnten Sie recht haben

Herr Kommissar. Wirklich gewöhnlich ist es nicht, einem Besucher mit einer Peitsche in der Hand die Tür zu öffnen. Kommen Sie erst mal rein. Hier drinnen ist es sicherlich gemütlicher und es muss ja niemand wissen, dass ich Sie gleich verprügeln werde". Nasty zwinkert dem Kommissar amüsiert zu und lächelt verschmitzt dabei. "Ja, das ist wohl besser, drinnen hört mich dann niemand so laut schreien", antwortet der Kommissar vergnügt.

Nasty lässt den Kommissar eintreten. "Möchten Sie auch eine Tasse Kaffee? Es ist gar nicht so lange her, dass ich mir einen Kaffee aufgesetzt habe." "Ja gerne", antwortet der Kommissar. "Kommen Sie, hier entlang. Gleich hier vorne befindet sich mein Büro. Dort können wir uns unterhalten und gemütlich eine Tasse Kaffee trinken." Der Kommissar macht es sich auf der kleinen Besuchercouch bequem, während Nasty in die Küche geht, um ihnen beiden eine Tasse Kaffee zuholen. Den kann sie jetzt auch gut gebrauchen, denn so ganz erholt hat sie sich noch nicht. Zwei Minuten später ist sie zurück und gibt dem Kommissar die Tasse.

"Was führt Sie denn zu mir, Herr Kommissar?" "Frau Prickteaser, ich möchte noch mal mit Ihnen über den Fall sprechen. Ich bin vorhin mit

meinen Kollegen unsere Flughäfen in Berlin und Umgebung abgefahren. Dabei fiel meinen Kollegen auf, dass auf der Rückseite des Flughafens Tempelhof ein Friedhof liegt, an dessen Ende sich eine Wagenburg befindet. Durch diese Wagenburg führt ein Tor zum Friedhofsinneren. Der Haupteingang befindet sich jedoch im Bezirk Neukölln in der Hermannstraße. Nach unseren Informationen verschwanden auch die Kinder aus diesem Bezirk. Der Friedhof befindet sich ganz in der Nähe der Kindergärten, aus denen die Kinder auf dem Nachhauseweg entführt wurden. Vielleicht ist es ja Zufall, aber wir gehen davon aus, dass die Fluggeräusche die sie gehört haben, vom Flughafen Tempelhof ausgingen. Nun wollte ich Sie noch mal fragen, ob Sie sich vielleicht an irgendetwas erinnern können, was Ihnen auf dem Präsidium nicht so wichtig erschien. Jedes noch so kleine Detail könnte helfen, das Gebiet des Täters einzugrenzen. Wir haben in der Zwischenzeit Zivilstreifen rund um die Hermannstraße im Einsatz, aber noch ist den Kollegen nichts Ungewöhnliches aufgefallen."
"Na ja, ich wollte Sie sowieso noch anrufen. Es ist heute tatsächlich viel geschehen im Laufe des Tages.

" Nasty berichtet dem Kommissar von Tom und seinen Erlebnissen sowie ihre eigenen mit der seltsamen Frau. Der Kommissar hört aufmerksam zu, ohne sie zu unterbrechen. Seinem Gesicht kann man jedoch sein Erstaunen entnehmen. Als Nasty mit ihrer Geschichte zu Ende ist, herrscht erst einmal Stille. "Hören Sie, Herr Kommissar, auch für mich ist diese Situation völlig neu. Als Sie vorhin an der Tür läuteten, lag ich noch völlig benommen im Zimmer. Daher dauerte es auch eine kleine Ewigkeit, bis ich ihnen die Tür öffnen konnte. Ich war noch wie benommen als Sie bei mir klingelten und musste mich erst einmal sammeln bevor ich in der Lage war, mich vom Fußboden zu erheben, um zur Tür zu kommen. Die Peitsche hatte ich noch in der Hand, um mich im Notfall verteidigen zu können. Sie werden sicherlich bemerkt haben, dass ich einen Beruf ausübe, der für die meisten Menschen ungewöhnlich ist." "Na, wenn ich ehrlich sein soll, ist es mir nicht gleich aufgefallen", antwortet Herr Schuppenliepert. Eigentlich erst jetzt, wo Sie mir davon berichten." Nasty muss schmunzeln. "Und, haben Sie jetzt ein anderes Bild von mir? Bin ich jetzt ein schlechterer Mensch für Sie?" Nasty wartet die Antwort erst gar nicht ab und spricht weiter. "Wissen Sie, Herr Kommissar, ich verdiene mein

Geld als Domina und bin so einiges gewohnt, aber außerhalb meines Berufes bin ich eine Frau wie jede andere, doch was mir vor wenigen Minuten passierte, ist auch für mich zu hoch." "Das kann ich mir vorstellen", sagt Herr Schuppenliepert. "Kann ich mir das Zimmer vielleicht mal anschauen, in dem Ihnen die Frau erschienen ist?" "Natürlich, kommen Sie, ich zeige es Ihnen."

Auf dem Weg zum Zimmer erzählt Nasty dem Kommissar ein wenig, wie sie zu ihren Beruf kam. "Es gab nicht immer so gute Zeiten in meinem Leben und in einer dieser schlechteren Phasen kam ich unter merkwürdigen Umständen in dieses Gewerbe. Sehr schnell merkte ich, dass man als Domina gutes Geld verdienen konnte. Somit gelang es mir sehr schnell aus meiner finanziellen Notlage raus zu kommen, ohne selbst meinen Körper zur Verfügung zu stellen. Inzwischen habe ich diesen Beruf zu schätzen gelernt. Das Einkommen ist sehr vernünftig und die Leute die hierher kommen sind meist harmlose Männer, die zuhause nicht das bekommen, was Ihnen fehlt. Wissen Sie Herr Schuppenliepert, auch wenn ich in meinem Beruf mit sehr vielen Männern zu tun habe können Sie mir glauben, dass ich dennoch keinen sexuellen Kontakt mit Ihnen habe. Das ist einer der großen

Unterschiede zu einer Prostituierten in diesem Gewerbe."

Der Kommissar hört ihr zu und gibt ihr zu verstehen, dass er sie nicht als Mensch abwertet. Sie weiß auch nicht, warum sie ihm alles erzählt. Eigentlich war es ja nicht ihre Art, über sich zu reden. Der Kommissar muss schmunzeln. Vor ihm steht eine gestandene Frau und versucht, sich und ihren Beruf zu rechtfertigen. Dabei ist es für ihn völlig ok. Er hat kein Problem mit ihrer Tätigkeit, freut sich aber zu hören, dass Sie keinen direkten Kontakt mit den Männern hat, die sie besuchen. "Sagen Sie, Frau Prickteaser, wenn dieser Fall abgeschlossen ist, würde die Dame, die mich heute Nacht aufsuchte, vielleicht mit mir Essen gehen? Ich meine so ganz ohne Peitsche?" Er grinst sie über beide Backen an, sodass es ihr glatt die Sprache verschlägt. Diesmal ist es Nasty die mit hochrotem Kopf dasteht und hofft, dass es dem Kommissar nicht auffällt. "Bedeutet ihre veränderte Gesichtsfärbung ein ja?" Hoch amüsiert steht er vor ihr und strahlt wie ein kleiner Junge über ihre Verlegenheit. Nasty nickt nur. "Schön freut mich. Ich werde Sie daran erinnern wenn wir alles erledigt haben", sagt er und wechselt hoch erfreut über ihre Zusage das Thema.

"So, hier ist das Zimmer." Sie öffnet die Tür und sie treten hinein. "Es ist alles so wie üblich. Gucken Sie sich gerne um, Herr Kommissar." So sehr er sich auch bemüht, aber er kann nichts Ungewöhnliches erkennen. Allerdings muss er zugeben, dass er noch nie ein Domina-Studio aufgesucht hat und keine Vorstellung hat, was hier als normal zu bewerten ist. Nasty bemerkt seine Unsicherheit und erklärt ihm, wo sie sich im Raum aufhielt, als die Frau erschien und wie der Ablauf sich zugetragen hatte.

"Schauen Sie Herr Kommissar, hier ist alles wieder so wie immer, nur diese beiden Arbeitsutensilien." Sie zeigt ihm ihre Peitsche und die Spanischen Kugeln, die sie noch immer am Gürtel befestigt bei sich trägt. Beide leuchten noch in einem leichten rot und haben nichts von ihrer Wärme verloren. "Wissen Sie, ich habe absolut keine Ahnung was hier geschieht, aber ich bin mir ziemlich sicher, dass ich bald auf irgendetwas Geheimnisvolles stoßen werde. Diese Frau gab sich als eine Mutter von einem der entführten Kinder aus und erzählte, dass sie sich in einer anderen Welt befindet. Einer Welt zwischen den Dimensionen. Nach ihren Aussagen soll auch der Täter aus einer anderen Welt stammen. Sein Name lautet Johannes und er ist ein Untertan des Teufels. Von dem besitzt er die

Fähigkeit, zwischen den Welten zu reisen. Wie durch einen Zeittunnel. Ihr sind jedoch durch den Teufel die Hände gebunden. Sie befindet sich zwar auf der guten Seite und hat die Unterstützung der weißen Magie, dennoch ist es dem Teufel gelungen, ihre Fähigkeiten einzuschränken. Er hat den Ort, indem sich die Kinder befinden, mit einem Bann belegt. Daher hat sie mit mir Kontakt aufgenommen und gebeten, ihren Sohn zu schützen und aus der Hand des Untertanen zu retten. Da es ihr selbst nicht möglich ist, diesen unbekannten Ort zu betreten, übertrug sie die Kraft ihrer Magie auf die Kugeln und die Peitsche."

Durch die unbekannte Frau wissen der Kommissar und Nasty, wo sie mit der Suche beginnen müssen. Die Frau sprach von einer Wagenburg direkt bei einem Friedhof und auch dem Kommissar ist bei seiner Suche nach dem richtigen Flughafen ein Friedhof mit angrenzender Wagenburg aufgefallen. Es passt alles zusammen. Der Flughafen, von dem Nasty bei dem Telefonat mit dem Jungen die Startgeräusche vernahm, liegt auf der gegenüberliegenden Straßenseite der Wagenburg. Selbst der kleine Park von dem Tom sprach, befindet sich nicht allzu weit von dem Friedhof entfernt.

Sie vergleichen beide noch mal ihre Informationen, die sie inzwischen gesammelt haben und beschließen, die Suche bei der Wagenburg in Neukölln zu beginnen. Der Kommissar bittet Nasty um ihr Telefon. Nach den Informationen, die über den Täter vorliegen, will der Kommissar keine Risiken eingehen und ruft Hansen an, um Verstärkung anzufordern.

Die Uhr zeigt inzwischen kurz nach 23.00 Uhr.

*

Tom sitzt auf der Bank, nahe der Laterne des Mittelweges, bei dem ihm der Unbekannte das erste Mal auffiel. Sie steht leicht versetzt am Rand der Wiese hinter einem kleinen Strauch. So kann Tom den Weg überblicken, ohne gleich selbst entdeckt zu werden. Erst wenn die auf dem Weg laufende Person dichter dran ist, kann sie die Bank sehen.

Er sieht abwechselnd nach rechts und links, aber nichts geschieht. Jederzeit auf dem Sprung, bereit, hinter den kleinen Strauch zu gehen, um nicht entdeckt zu werden. Tom sitzt noch nicht allzu lange dort und hofft im Stillen, den mysteriösen Mann nicht verpasst zu haben. Nur wenige Leute wagen sich noch um diese Uhrzeit in den Park und so wundert sich Tom auch nicht, dass die wenigen Gäste des Parks Männer sind, die zügig den Weg entlang zum Ausgang gehen. Es ist doch schon ziemlich dunkel und auch die meisten Männer dieses Wohnviertels vermeiden es, sich bei Dunkelheit hier rum zu treiben, da diese Gegend nicht unbekannt ist für ihre Kriminalität.

Er steht unter Spannung. Was kann er eigentlich tun wenn dieser Mysteriöse auftaucht? Ihm ist klar, dass er mit seiner Behinderung keine Chance hat. Dennoch ist es ihm möglich, dem Unbekannten zu folgen, um so, so hofft er jedenfalls, das Versteck der entführten Kinder ausfindig zu machen. Es musste dann nur noch die Polizei informiert werden bzw. Nasty Prickteaser. Er hat ja mitbekommen, dass sie bereits in Kontakt zu dem leitenden Beamten der Sonderkommission stand und auch seine Privatnummer für den Notfall besitzt. Er muss ihnen nur sagen wo genau das Versteck des

Unbekannten mit den Kindern ist und auf die Polizei warten. Im Notfall würde er auch seine Waffe einsetzen um den Unbekannten in Schach zu halten bis die Beamten eintrafen, um den letzten Rest zu erledigen. Am Ende würde er in der Zeitung stehen als der große Held, der die Kinder gefunden und gerettet hat. Ja so stellt er sich das vor. Doch wo bleibt dieser Kerl nur? Tom hört nicht allzu oft auf sein Bauchgefühl, aber heute nimmt er sein ungutes Gefühl ernst. Er weiß genau, dass dieser Kerl noch auftauchen wird, nur nicht zu welchem Zeitpunkt. Seine Spannung wächst und wächst. Dieser Abend wird sein Leben verändern. Das spürt er genau. Nur wie, das wird sich erst im Laufe des Abends zeigen.

Mittlerweile zeigt seine Armbanduhr kurz nach 22:45 Uhr und nichts tut sich. Tom hatte nicht nur seine Waffe eingesteckt, die er sich vor kurzen noch besorgt hatte, sondern auch sein Handy, in dem die Nummer von Nasty Prickteaser gespeichert ist. Während er wartet, überkommt ihn die Idee, Nasty schon mal zu informieren, doch diese schmeißt er gleich wieder über den Haufen. Was kann er ihr schon sagen? Bisher tat sich nichts.

Tom schaut gerade wieder zum Weg hinüber, als ihm eine Person auffällt, die den Weg entlang zum Ausgang des Parks Richtung Hermannstraße läuft. Es ist kein normales gehen, eher wie ein Schleichen. Er schaut genauer hin. Ihm soll kein Fehler unterlaufen. Ja, das ist er, der mysteriöse Mann, daran besteht kein Zweifel. Tom bewegt sich langsam hinter dem kleinen Strauch nahe der Bank, um nicht entdeckt zu werden. Nach wenigen Metern befindet sich Johannes auf seiner Höhe. Ja, diesen Kerl würde Tom niemals vergessen. Dieser lange Mantel, der Körperbau, die Haare, das Gesicht, alles stimmt. Tom wird immer kleiner. Nur keinen Fehler machen sonst ist alles aus, denkt er sich und hält vor lauter Angst den Atem an. Johannes bemerkt ihn nicht und geht unbeirrt den Weg weiter, ohne sich ein einziges Mal umzu- drehen. Diesmal hält er auch nicht unter der Laterne an und verschwindet spurlos im Licht, sondern geht langsames Schrittes den leicht sandigen Weg weiter entlang Richtung Ausgang. Dieser Typ bereitet ihm Angst. Er strahlt eine Selbstsicherheit aus, die völlig ungewöhnlich ist. Tom fühlt eine unheimliche Kälte, als Johannes an ihm vorbeigeht, obwohl es um diese Jahreszeit auch in den Abendstunden nicht kalt ist. Etwas stimmt mit diesem Typen nicht und noch weiß Tom nicht, was noch passieren wird, aber er allein wird das Rätsel um diese fremde Gestalt lösen. Davon ist er überzeugt.

Als Johannes die Biegung am Ende des Weges erreicht, kriecht Tom hinter dem kleinen Strauch hervor und folgt mit sicherem Abstand. Zu entdecken ist er nicht. Dafür ist es zu dunkel und es gibt auch genügend Schutz um sich zu verstecken, falls sich Johannes umdrehen sollte. Was er jedoch nicht tut. Zielstrebig schreitet Johannes voran, ohne sich auch nur einmal umzusehen. Am Ende des Ausgangs angekommen, geht Johannes nach rechts die Hermannstraße lang und folgt dem Straßenverlauf bis zur Höhe des Friedhofs. Dort bleibt er stehen und schaut sich erst einmal nach allen Seiten um. Tom bleibt weiterhin auf Abstand, jedoch nur so viel, um Johannes nicht aus den Augen zu verlieren. Was er dann sieht, kann er kaum glauben. Der Unbekannte greift das Umhängeschloss, das das Eingangstor zum Friedhof verschlossen hält, als nur wenige Sekunden später die Hände des Mannes in violetter Farbe aufleuchten. Blitzartige Stromschläge zucken aus den Fingerspitzen des Mannes, direkt nach vorne in das Umhängeschloss, das im hohen Bogen durch die Luft fliegt und wenige Meter weiter mit einem lauten Knall auf dem Gehweg liegen bleibt. Er schiebt die Tür nach innen und verschwindet in der Dunkelheit. Tom beeilt sich. Er will ihm auf den Fersen bleiben und den Kontakt nicht verlieren. Langsam schleicht er durchs Tor und findet sich auf dem Hauptweg des Friedhofs wieder. Vor ihm, schon mit einem leicht größeren Abstand, aber noch sichtbar durch eine kleine Leuchte, geht der Fremde. Johannes läuft stur geradeaus auf eine Wagenburg zu, die in der Dunkelheit nur leicht an den Umrissen erkennbar ist. Er geht so zielstrebig auf sie zu und hinterlässt den Eindruck, nichts und Niemand könnte ihn aufhalten, um sein Ziel zu erreichen. Was immer auch sein Ziel sein mag. Eine Vorstellung hat Tom nicht. Er folgt weiterhin mit sicherem Abstand und beobachtet erst einmal die Lage.

Nach wenigen Minuten erreicht Johannes die Wagenburg und bleibt stehen. Er scheint kurz zu überlegen, richtet jedoch schnell seinen Blick ganz gezielt auf einen bestimmten Wagen. Er legt seinen Kopf in den Nacken, spreizt seine Arme und hält sie dem Himmel entgegen, während Tom weiter entfernt hinter einem Grabstein steht und die Situation beobachtet. Er weiß nicht so recht was er tun soll. Lautlos zieht er seine Waffe und beschließt, sich in den Rücken von Johannes zu schleichen.

Doch bevor er dazu kommt, hört er, wie der Fremde seltsame Worte spricht. Es hört sich an, als würde dieser eine Formel aussprechen. Erst leise und langsam, dann immer lauter und schneller, bis seine Worte in einem lauten und hässlichen Lachen enden. Sie waren in der Stille laut und deutlich zu hören doch Tom konnte kein Wort verstehen. Es war eine Sprache die er noch nie gehört hatte. Als wäre es eine Sprache aus vergangenen Zeiten. Tom steht wie versteinert hinter dem Grabstein. Seine Gesichtsmuskeln zucken vor lauter Anspannung. Er kann nichts tun. Es bleibt ihm nichts anderes übrig, als weiter abzuwarten.

Und die Reaktion folgt. Erst ein lautes Krachen und Donnern, dann ein greller Blitz, der wie am Eingangstor in violetter Farbe leuchtet und mit einem lauten Knall sich über dem Wagen entlädt. Der Blitz schlägt jedoch nicht in den Wagen, sondern legt eine Schicht über den Wagen, die aussieht wie violetter Schleim. Sie gleitet langsam über den ganzen Wagen, sodass innerhalb weniger Minuten der ganze Wagen mit dieser glitschigen Masse belegt ist. Fenster und Türen können nicht mehr geöffnet werden. Alles wirkt wie verklebt. Was Tom am meisten wundert, sind die anderen Wagen aus der Runde. Es ist, als würde niemand diesen Krach hören. Obwohl in den anderen Wagen Licht brennt, geschieht nichts. Keine Tür die sich öffnet, niemand der nach dem Rechten sieht und eingreift. Absolute Stille. Als wären diese Wagen mit einem Bann belegt.

Nur, wie kann das sein? Tom kann alles sehen und hören! Warum nicht die Leute aus dem Wagen? Er kann doch die Umrisse einer Person am Fenster sehen. Die einzige Möglichkeit ist die, dass Johannes Tom nicht mitbekommen hatte bei seinem Ritual und somit seine Konzentration nur auf den Wagen gelegen hatte. Das war sein Glück. Denn somit kann sich Tom bewegen und Hilfe holen. Hier muss er doch einsehen, dass er ohne andere Hilfe nicht weiterkommt. Was hier abläuft, geht über den normalen Menschenverstand hinaus. Dieser Mann besitzt Fähigkeiten, die außergewöhnlich sind und gegen die er alleine nicht ankommt. So dumm ist Tom auch nicht, um nicht zu wissen, dass hier eine normale Waffe keine Wirkung zeigt.

Gerade als Tom sein Handy aus der Tasche holen will, geht der Fremde auf einen der Wagen zu und gleitet, ohne die Tür zu öffnen, einfach hindurch. So als wäre gar keine Tür vorhanden. Tom reibt sich die Augen. Das, was er hier gerade gesehen hat, kann nicht sein. Wie kann ein Mensch durch eine geschlossene Tür gehen, ohne sie zu öffnen. Hier ist nichts mehr normal. Er greift zum Handy und beginnt in seinem Telefonspeicher die Nummer von Nasty Prickteaser zu suchen. Sie ist die Einzige, die ihm diese Geschichte glauben wird. Wenn er hier die Polizei ruft, besteht die Gefahr, dass man ihn für einen verrückten alten Spinner hält. Das kann er in dieser Situation nicht gebrauchen. Vielleicht kann Nasty diesen Kommissar, den sie bei seinem letzten Besuch erwähnt hatte, erreichen. Ihr würde man sicher mehr glauben als ihm.

Leider kommt Tom nicht dazu die Nummer zu wählen, denn die Tür öffnet sich und der Fremde tritt heraus. In seinen Armen trägt er den leblosen Körper eines kleinen Jungen. Tom schätzt ihn nicht älter als 7 Jahre. Er weiß nicht, ob der Junge noch lebt. Aber er glaubt, dass der Fremde noch irgendetwas vorhat, wozu er ihn braucht. Er kann nur hoffen dass der Junge nicht tot, sondern lediglich bewusstlos ist. Wenn er jetzt telefoniert hätte, hätte ihn der Fremde sicherlich gehört. Das muss er auf jeden Fall vermeiden. Er steckt das Handy wieder in seine Hosentasche und beschließt, dem Fremden erst mal zu folgen und Nasty etwas später anzurufen, sobald ihm die Gelegenheit geboten wird. Tom kann hören, wie Johannes mit dem Jungen spricht. Leider versteht er nur ein Gemurmel, da er zu weit von den beiden entfernt noch immer hinter dem Grabstein kauert. Es war dem Fremden egal, ob Sebastian antwortete. Er redete einfach weiter. Hauptsache die Anzahl seiner Kinder war wieder komplett, um sein Werk zu vollenden.

Mit dem Kind im Arm geht Johannes denselben Weg, den er gekommen ist, wieder zurück zum Ausgang. Vorbei an Tom, der sich hinter dem Grabstein ganz klein macht, um nicht entdeckt zu werden. Es scheint, als wäre es ihm völlig egal gesehen zu werden. Er verschwindet auch nicht wie bei der ersten Begegnung im Park. Was Tom freut, denn so ist es ihm möglich, Johannes zu folgen.

Tom bleibt weiterhin auf Abstand. Immer wieder dreht er sich dabei um und wirft einen Blick auf die Wagenburg. Der violette Schein fängt langsam an zu verblassen. Es scheint auch, als würde die schleimige Masse, die sich um den einzelnen Wagen gelegt hatte, langsam in Luft aufzulösen. So, als wäre die Schicht in Staub umgewandelt worden, um durch den Wind in alle

Himmelsrichtungen verstreut zu werden. Am Tage würde die Polizei noch mal zurückkommen und die Substanz untersuchen, aber jetzt blieb keine Zeit, sich darum zu kümmern. Der unheimliche Fremde darf ihm nicht entwischen. Am Ausgang angekommen, schlägt Johannes seinen Weg nach rechts ein. Keiner hält ihn auf oder spricht ihn an. Es ist so, als würde ihn niemand sehen. Aber Tom kann ihn sehen und er läuft, so schnell es seine Behinderung zulässt. Der Fremde geht die Hermannstraße einfach nur geradeaus und verschwindet kurze Zeit später in den U-Bahnhof Hermannstraße. Doch er begibt sich nicht auf den Bahnsteig hinunter, sondern zieht die Metalltür im Mittelgang zum Bahnsteig auf. Die Metalltür ist der Zugang zu einem alten Schutzbunker, der hier im Bahnhof liegt. Nun ist Tom auch klar, wo die Kinder versteckt werden. Jeder glaubt, der Zugang wäre verschlossen, doch für einen Mann wie Johannes ist es kein Problem, verriegelte Türen zu öffnen. Das ideale Versteck. Tom greift zur Türklinke und drückt sie langsam und leise nach unten. Sie ist nicht verschlossen. Nun ist er sich ganz sicher. Die Kinder können sich nur im Bunker befinden.

Erneut holt er das Handy aus der Hosentasche und wählt Nastys Nummer. Diesmal hindert ihn niemand. Er betet im Stillen. Bitte geh ran...! Ein

Freizeichen ist zu hören. Es klingelt einmal, es klingelt zweimal, beim vierten Klingeln wird der Hörer abgenommen doch es ist nicht Nastys Stimme, sondern die eines Mannes. Tom nuschelt etwas von Entschuldigung, er habe sich verwählt, und will gerade das Gespräch beenden, als die Stimme sagt... "Dies ist der Anschluss von Nasty Prickteaser. Da sie aber gerade am Steuer ihres PKW sitzt kann sie zurzeit nicht ans Telefon. Kann ich ihr etwas ausrichten? Sie sitzt direkt neben mir."

"Mein Name ist Tom und ich muss dringend Frau Prickteaser sprechen. Es geht um Leben und Tod." Schweigen am Telefon. Zwei Sekunden später hört er die Stimme von Nasty. "Was gibt es denn Tom? Ich habe das Handy gerade an die Freisprechanlage im Auto angeschlossen. Du kannst jetzt sprechen. Ich kann dich gut verstehen."

Tom erzählt in wenigen Minuten was ihm gerade passiert war und wo er sich zur Zeit befindet. Keiner der beiden hat ihn bei seinem Gespräch unterbrochen. Erst als er seine Geschichte beendet hat, hört er nicht die Stimme seiner Freundin sondern die des Mannes. Er stellt sich als Kommissar Schuppenliepert vor und versichert ihm, dass man ihm glaubt und nicht für verrückt erklärt. "Wir sind gerade auf dem Weg nach Neukölln. Bitte bleiben Sie dort wo Sie gerade sind und warten auf uns. Wir sind in zirka 15 min bei Ihnen. Wir fordern Verstärkung an, also bleiben Sie in sicherer Entfernung und unternehmen Sie nichts, was Ihres oder das Leben der Kinder gefährden könnte. Haben Sie mich verstanden?" Tom bestätigt und beendet das Gespräch. Gott sei Dank hat er Nasty erreichen können und, was noch viel wichtiger ist, sie hat ihm geglaubt. Jetzt, wo er weiß, dass Hilfe naht, fühlt er sich auch wesentlich sicherer. Er möchte kein Held mehr sein. Lieber wartet er auf die Polizei. Er hat schon genug getan. Den Rest muss sie erledigen. Er stellt sich hinter die leicht geöffnete Metalltür und wartet.

Keine 5 min. später wird seine Neugierde aber erneut geweckt. Er hat Geräusche gehört. Es sind leise Stimmen, die an sein Ohr dringen. Vorsichtig zieht er die Tür noch etwas weiter auf und schaut hinein. Vor ihm liegt ein schmaler, aber langer Gang, an dessen Ende sich eine weitere Tür befindet. Diese Tür ist zu, bzw. scheint es auf den ersten Blick als wäre sie verschlossen. Es ist ganz deutlich zu hören; die Stimmen befinden sich hinter der Tür am Ende des Ganges. Tom zögert. Nasty und der Kommissar sind bereits auf den Weg. Es kann also nicht mehr lange dauern bis sie bei ihm sind. Er entscheidet sich, noch zwei Minuten zu warten und zu lauschen. Sollten die Stimmen nicht lauter werden oder unerwartet Gefahr drohen, will er nichts unternehmen. Ansonsten würde er versuchen, den Unbekannten mit seiner Waffe in Schach zu halten bis die Polizei eintraf.

*

Sebastian hockt nun schon den ganzen Tag im Wagen. Der Tag war lang und mittlerweile sein Hunger und Durst so groß, dass er einen riesigen Bären verschlingen könnte. Doch was soll er tun? Jeglicher Versuch, sein Versteck zu verlassen, ist zum Scheitern verurteilt. Wann immer er versucht sein Versteck zu verlassen, sieht er vor der Tür das Gesicht des Mannes, der ihn schon die ganze Zeit verfolgt. Es ist, als wüsste der genau wo sich Sebastian aufhält. Dennoch unternimmt er nichts. Er steht nur vorm Eingang und wartet. Die Zeit zieht dahin und langsam wird es wieder dunkel. Sein Vater würde sicherlich schon vor Sorge halb krank sein. Ihn hatte er nicht erreichen können, doch da war diese Frau am Telefon. Es war ungewöhnlich, aber Sebastian hatte das Gefühl gehabt, dass sein Anruf nicht ohne Folgen geblieben ist. Die Frau hat ihm bisher zwar nicht helfen können, doch er glaubt ganz fest daran, dass er diese Stimme noch mal wieder hören wird. Da ist er sich ganz sicher. Sie würde Hilfe holen und ihn retten. Ja, das wird sie. Sebastian macht sich selbst Mut. Was bleibt ihm auch anderes übrig. Soll der Fremde nur kommen. Kampflos wird er nicht mitgehen. Das hat Sebastian von seinen Eltern gelernt. Niemals aufgeben, solange noch eine Chance besteht zu gewinnen. Nur, warum betritt der Fremde nicht den Wagen? Sebastian grübelt und grübelt, doch er kommt zu keinem Ergebnis.

Er beschließt, sich ruhig zu verhalten und zu warten. Sollte sich die Gelegenheit ergeben, würde er die Flucht ergreifen. Er muss es nur schaffen, den Friedhof zu verlassen, dann hat er es geschafft. Auf den Straßen gibt es viele Menschen, die ihm helfen können. Da wird es der Fremde nicht wagen, Sebastian erneut zu entführen; so hofft er jedenfalls. Notfalls wird er diesmal laut um Hilfe schreien. Diesmal kann ihn der Unbekannte nicht überraschen. Sebastian schaut auf seine Armbanduhr. Sie zeigt inzwischen kurz vor 23:00 Uhr. Er schleicht zum Fenster und schaut hindurch. Alles in ihm zuckt zusammen. Vor ihm steht der Fremde und starrt ins Fenster. Sebastian weicht entsetzt zurück. Er beginnt zu zittern. Der Fremde grinst. Reiß dich zusammen denkt sich Sebastian, nur nicht aufgeben. Er wird dich nicht töten. Er braucht dich noch. Sonst hätte er schon den Tag über Nägel mit Köpfen gemacht und dich geholt. Er konzentriert seinen Blick nach draußen. Denn dort tut sich etwas. Der Mann breitet seine Arme aus und legt seinen Kopf in den Nacken. Sebastian sieht, wie der Fremde seine Lippen bewegt. Es scheint als spricht er zum Himmel, aber er kann nichts verstehen. Die Fenster sind geschlossen. Lediglich durch das kleine Loch, durch das Sebastian in das Innere gekrochen war, dringen murmelnde Geräusche an seine Ohren. Er versucht zu verstehen was der Fremde sagt, doch das ist ihm nicht möglich. Der Unbekannte spricht in einer für ihn fremden Sprache. Er glaubt, diese Sprache einmal in einem Dokumentarfilm gehört zu haben. In dem Film handelte es sich um eine Zeit, in der Jesus gelebt hatte und gestorben war. Da wurde die Geschichte vom Abendmahl erzählt. Sicher ist er sich aber nicht. Es hatte ihn nicht wirklich interessiert und daher hatte er das Programm damals gewechselt.

Es klingt, als würde er eine Formel sprechen. Sowas hatte er einmal im Fernsehen gesehen. Doch das hier ist kein Fernsehen. Das hier ist reine Realität. Sebastian hört es grollen. Dann ein lauter Knall und ein violetter Blitz entlädt sich aus dem Himmel direkt über den Wagen. Noch bevor er reagieren kann, leuchtet das Innere des Wagens im selben Licht wie der Blitz vor wenigen Sekunden. Sebastian bekommt keine Luft mehr. Etwas Unheimliches geschieht hier. Eine schleimartige Masse legt sich um das gesamte Holz und verschließt sämtliche Ritzen, sowie die der Tür. Eine Flucht ist somit aussichtslos. Die Luft wird immer dünner. Was dann geschieht, bekommt Sebastian nur noch wie durch einen Schleier mit. Ihm wird schwarz vor Augen. Seine Luft wird immer knapper. Er beginnt zu schwanken. Die violette Masse raubt ihm den letzten Atem.

Der Mann schiebt seinen ganzen Körper durch die verschlossene Tür, wie ein Geist, und steht breit grinsend vor ihm. Sekunden später bricht Sebastian bewusstlos zusammen.

Er weiß nicht, wieviel Zeit inzwischen vergangen ist, als er völlig benommen zu sich kommt. Alles um ihn herum scheint sich zu drehen. Auch ist ihm nicht bewusst, wo er sich befindet. Ihm fehlt jegliche Orientierung. Das Letzte, an was er sich erinnern kann, war das fiese Lachen des Unbekannten, der plötzlich wie aus dem Nichts erschienen war, bevor ihm die Lichter ausgingen. Nun liegt er hier auf einem kalten harten Boden und hört die Stimmen von verschiedenen Personen. Er glaubt, die Stimmen von Kindern herauszuhören, die allesamt durcheinander murmeln. Er möchte seine Augen öffnen und schauen wo er sich befindet, doch das scheint unmöglich. Bei jedem Versuch sie zu öffnen, hat er den Eindruck, man würde ihn blenden. Doch niemand blendet ihn. Es ist das Licht aus der kleinen Deckenleuchte schräg über seinem Kopf, die ihn daran hindert zu erkennen, was um ihn herum geschieht. Nur mühsam kommt er zu sich. Er stöhnt. Sein Kopf schmerzt und ihm ist schwindelig, wenn er sich bewegt. Sebastian beschließt, erst einmal liegen zu bleiben um wieder zu sich zu kommen. Nur langsam gewöhnen sich seine Augen an das Licht. Schemenhaft zeichnen sich vor ihm die Umrisse einer kleinen Gestalt ab, die sich über ihn beugt und leise anspricht. Es ist ein Junge, nicht älter als er selbst. Er schätzt den Jungen auf maximal 6 Jahre alt. "Hallo, hallo", sag doch etwas", hört Sebastian den Jungen flüstern. "Ist alles klar mit dir?" Sebastian richtet seinen Oberkörper auf und lehnt sich gegen die Wand hinter ihm. Er spürt die Kälte, die von der Wand ausgeht und langsam seinen Rücken hochkriecht. Der Kleine hilft ihm, so gut er kann. Um ihn herum stehen die anderen Kinder und schauen auf ihn herab. Jetzt, in sitzender Position, ist es ihm auch möglich, den gesamten Raum zu überblicken; und so langsam dämmert es Sebastian auch wieder, wo er sich gerade befindet. Es ist derselbe Raum, aus dem ihm Stunden zuvor die Flucht vor dem Unbekannten gelang. Auch die Gesichter sind ihm nicht fremd. Es sind die gleichen Kinder, die hier gefangen gehalten wurden, bevor er entwischen konnte. Nur zwei kleine Mädchen sind ihm unbekannt. Sie halten sich an den Händen. Es scheint, als würden sie sich kennen und gegenseitig stützen. Das eine Mädchen trägt Zöpfe. "Sieht so aus als wäre ich ok", sagt Sebastian und nickt den anderen Kindern zu. "Mir ist noch etwas schwindelig, aber das legt sich langsam. Ich darf mich nur nicht schnell bewegen, dann geht es."

Der Kleine lächelt ihn an. Nur seine Angst in den Augen bleibt. Die kann er nicht verbergen. Sie schauen nervös hin und her und finden keine Ruhe. Sebastian lächelt ihm aufmunternd zu.

Obwohl ihm nicht zum Lachen zumute ist, spürt er, dass die Kleinen seine Unterstützung benötigen. Er scheint hier der Älteste zu sein und fühlt sich automatisch verantwortlich für sie.

Sebastian Blicke kreisen im Raum. Ihm gegenüber befindet sich die Tür, jedoch im geschlossenen Zustand. Er kann nicht sehen ob sie abgeschlossen ist oder lediglich zugezogen wurde. Was ihm jedoch besonders ins Auge fällt, ist der neue Gegenstand, der seit seinem letzten Aufenthalt hier hinzugekommen ist. Er befindet sich in der Mitte des Raumes. Ein schmaler Tisch, nicht sehr hoch, aber stabil. Er hat die Form eines Altars und wirkt durch das dunkle Holz sehr düster. In der Mitte des Tisches liegt ein dunkelrotes Tuch, das jeweils an den Enden der Tischkante herunterhängt, dekoriert mit einem goldenen Kelch, nicht größer als ein alter Weinkrug.

*

Johannes hat sich im Hintergrund gehalten und gewartet bis Sebastian aus seiner Ohnmacht erwacht. Nun aber ist er wach und es besteht kein Grund, länger zu warten. Es sind noch knapp zwanzig Minuten bis Mitternacht. Bis dahin bleibt ihm Zeit, sein Werk zu vollenden.

"Wird ja mal Zeit, dass du wach wirst." Johannes hat die Worte ausgesprochen und tritt aus der dunklen Ecke hervor. Er geht die wenigen Schritte nach vorn bis zum Altar und bleibt dort stehen. Seine Worte klingen kalt und hart. Ohne jegliches Gefühl. Es ist ihm egal. Er kann sehen wie die Kinder zurückschrecken. Einige zittern, andere fangen an zu weinen. Es stört ihn auch nicht, dass sie sich alle um den Jungen versammelten, der am Boden sitzt und an der kalten Wand lehnt. Umso besser für ihn, denkt er sich. So würde es auch leichter werden, die Kinder nach und nach zu schnappen und auf den Altar zu legen, um ihnen sein Messer ins Herz zu jagen. Das hält er noch immer in der Innenseite seines Mantels versteckt. Er will die Kinder nicht schon vorher aufschrecken.

Eigentlich wollte sich Johannes zuerst den Jungen vorknöpfen, der ihm entwischt war, aber er entscheidet sich spontan anders. Das kleine Mädchen mit den niedlichen Zöpfen hat es ihm besonders angetan. Er kann auch gar nicht sagen warum gerade dieses Mädchen, aber benötigt man immer eine Begründung? Für ihn gibt es keine, er entscheidet einfach spontan, dass sie sein erstes Opfer werden soll.

Er kann die Panik in den Augen der Kleinen sehen. Da bleibt keiner ruhig stehen. Auch Sebastian erhebt sich mühsam und steht nun in der kleinen Gruppe und starrt ihn an. Johannes guckt jedes einzelne Kind lange an und sagt dabei kein Wort. Auch die Kinder sagen nichts. Sie halten sich an den Händen und warten. Was wird jetzt auf sie zukommen? Sie haben keine Ahnung; bis jetzt hat Johannes sie nicht eingeweiht. Er hat sie entführt und hier in diesen Raum gesperrt. Dann war er immer wortlos durch die Tür verschwunden und ließ sie allein. Heute aber ist alles anders. Heute Abend ist er mit dem Jungen erschienen und geblieben. Er legte ihn zu Boden und wartete schweigend in der Ecke darauf, dass der Junge aus der Ohnmacht erwacht.

Langsam geht Johannes um den Tisch herum, bleibt dann stehen und zeigt mit seinem Finger auf das Mädchen mit den niedlichen Zöpfen.

"Du, komm her zu mir!" Die Kleine rührt sich nicht. Johannes spricht sie noch einmal an. "Du, mit den Zöpfen, komm her zu mir!" "Ich befehle es dir." Das Mädchen geht einen Schritt rückwärts, wird aber unmittelbar danach durch die Wand gestoppt. Es beginnt zu weinen und klammert sich an seine Freundin. "Ich habe dir befohlen zu mir zu kommen, hast du mich nicht verstanden?" "Ich will nicht", jammert die Kleine. Ich möchte zu meiner Mama. Ich will nach Hause.

"Wenn du nicht freiwillig kommst, werde ich dich holen müssen", sagt Johannes und geht einen weiteren Schritt auf sie zu. Inzwischen hat sich auch Sebastian etwas gefangen und spricht den Fremden ängstlich an. Er fühlt sich verantwortlich für die anderen und glaubt etwas unternehmen zu müssen.

"Was willst du von uns? Lass uns in Ruhe. Wir wollen alle zu unseren Eltern nach Hause. Wir haben dir doch nichts getan."

"Niemand kommt mehr von euch nach Hause", brüllt Johannes. "Niemand. Habt ihr gehört? Heute ist der Tag, auf den ich so lange gewartet habe. Der Tag meiner Rache ist gekommen." "Ich habe geschworen, wieder zurück zu kehren und mich für den Verrat an meiner Person zu rächen. Ihr alle werdet meine Opfer sein. Für jeden Jünger, der mich aus meiner Heimat vertrieben hat, wird ein Kind sein Leben lassen."

"Ich habe lange darauf warten müssen. Jetzt ist meine Zeit gekommen! Niemand wird mich daran hindern, auch du nicht. Hast du mich verstanden?" Sebastian zuckt zusammen. Wie kann er denn hier noch eingreifen? Hier hat er verloren, das ist ihm in diesen Moment klar geworden. Der Fremde ist einfach zu mächtig für ihn.

Noch bevor Sebastian eine Antwort geben kann, geht Johannes zornig auf das kleine Mädchen zu, stößt Sebastian dabei zur Seite und packt es am Handgelenk. Mit einem kurzen aber harten Ruck zieht er es zu sich heran. Sebastian prallt mit der Schulter gegen die Wand und schreit vor Schmerzen auf. Das alles interessiert Johannes nicht. Er hat die Schnauze voll und will sein Werk nun endlich vollenden. Das kleine Mädchen fängt an zu schreien.

"Nein, Ich will nicht." Es stemmt sich mit aller Macht gegen die Kraft von Johannes, aber der ist einfach stärker. Es schreit weiter, immer lauter. Es brüllt nach seiner Mutter und klammert sich verzweifelt an seiner Freundin fest. Diese hält so sehr sie kann die kleine Hand fest, und lässt sie nicht los. Das kleine Mädchen mit den niedlichen Zöpfen schreit unentwegt weiter, während ihre Freundin verzweifelt versucht, sie zurück-zuziehen. Auch die anderen Kinder greifen nun ein und ziehen an dem Arm des kleinen Mädchens, doch gegen Johannes Kraft können auch alle gemeinsam nichts ausrichten. Er zerrt es unbeeindruckt die wenigen Schritte mühelos zur Mitte des Raumes bis hin zum Tisch.

Alles Bitten und Schreien bleibt erfolglos. Johannes lässt die Kleine nicht mehr los. Er versetzt der Freundin, die noch immer die Hand des kleinen Mädchens festhält, einen Stoß gegen die Brust, sodass diese mit einem Schwung zurückfällt und zu Boden stürzt. Auch die anderen Kinder können sich nicht halten und lassen das kleine blonde Mädchen mit den niedlichen Zöpfen los. Nun steht es verzweifelt weinend am Tisch. Johannes hebt es in die Höhe und legt es mit dem Rücken auf die Tischplatte.

Niemand hindert ihn. Es scheint, als haben die Kinder endlich aufgegeben. Jetzt ist für ihn der Augenblick gekommen, sein Messer zu ziehen. Er öffnet seinen Mantel und zieht es langsam aus der Innentasche. Er steht mit dem Blick zur Tür und verdeckt so den anderen Kindern die Sicht auf den nachgeahmten Altar. Sie können nicht sehen, was Johannes vorhat. Das kleine Mädchen liegt nun völlig regungslos und apathisch auf dem Tisch und starrt in das Gesicht des Mannes der vorhat, ihr in wenigen Sekunden das Leben zu nehmen. Im Zeitlupentempo umfasst Johannes das Messer mit beiden Händen und hebt es in die

Höhe. Hoch über seinen Kopf, um es dann mit Schwung hinunter in das Herz des kleinen Mädchens mit den niedlichen Zöpfen zu jagen.

Und das ist der Moment, in dem die Kinder begreifen, was auch mit ihnen passieren soll. Sebastian, der das zuerst begriffen hat, reagiert auch als erster. Ohne nachzudenken, ob er sein eigenes Leben gefährdet, springt mit einem riesigen Satz Johannes in den Rücken. Er schlingt seine Beine um den Oberkörper, greift mit beiden Händen Johannes in die Haare und zieht mit all seiner Kraft den Kopf nach hinten. Dabei schreit er wieder und wieder: "Nein, nein das kannst du nicht tun. Hör auf! Sie gehört dir nicht." Er umklammert mit seinen Beinen den Leib von Johannes so fest, dass sie anfangen zu schmerzen, aber er lässt trotzdem nicht los. Er zerrt weiter an den Haaren, sodass Johannes anfängt zu straucheln. Nun kommt auch der kleine Junge zu Hilfe, der Sebastian so nett angelächelt hatte, als er aus der Ohnmacht erwachte. Der Junge schlägt wie wild mit seinen kleinen Fäusten auf Johannes ein, so stark es ihm nur möglich ist. Auch mit Fußtritten versucht er immer wieder, Johannes zu treffen.

Der versucht inzwischen Sebastian über die Schulter hinweg zu packen, kann ihn aber nicht greifen, da er noch immer sein Messer in den Händen hält. Es bleibt ihm daher nichts anderes übrig, als es fallen zu lassen.

Johannes braucht das Messer nicht unbedingt. Es ist ihm auch ohne möglich, den Kindern das Leben zu nehmen, aber vorher muss er erst den lästigen Klotz auf seinem Rücken los werden. Auch der Zwerg, der wie ein Verrückter auf ihn einschlägt, muss ausgeschaltet werden. Nicht, dass die Schläge ihn schmerzen würden. Das ist nicht der Fall. Johannes ist schon lange tot und kann keine Schmerzen mehr empfinden, aber die beiden hindern ihn daran, seine Tat umzusetzen - und sie sind lästig!

Er muss sich nur konzentrieren und seine geballte Ladung an Energie entfalten lassen. Der Teufel hat ihn vor sehr langer Zeit mit dieser Eigenschaft ausgestattet. Er machte ihn damals unsterblich. Er nahm ihm das Leben und schenkte ihm dafür die Unsterblichkeit gegen den Verkauf seiner Seele.

Es ist ihm mittlerweile egal, wie die Kinder sterben. Es muss nicht das Messer sein denkt Johannes sich. Hauptsache sie sterben und er kann seinen Rachedurst stillen.

Keiner der drei Kämpfer bekommt mit, wie sich die Eingangstür leise öffnet und ein Mann mittleren Alters den Raum betritt. Er hält seinen Zeigefinger an die Lippen und signalisiert so dem Rest der Kinder, sich still zu verhalten und ganz langsam in Richtung Ausgang zu bewegen.

*

"Lass die Kinder los", hallt es durch den Raum! Ruckartig und völlig überrascht dreht Johannes den Kopf und schaut in die Mündung einer Pistole. Ein Mann steht breitbeinig im Türrahmen und zielt auf seinen Kopf. "Nochmal, lass die beiden Kinder los!"

Tom schwitzt. Das, was er hier zu sehen bekommt, verschlägt ihm fast die Sprache. In der Mitte des Raumes befindet sich ein Tisch, auf dem ein kleines Mädchen liegt und sich nicht rührt. Sie scheint noch zu leben. Der Brustkorb der Kleinen bewegt sich leicht auf und ab. Er hofft, den Entführer solange hinhalten zu können, bis Nasty und der Kommissar auftauchen.

Er hatte die Schreie der Kinder gehört und war auf leisen Sohlen zur Tür geschlichen. Er wusste nicht, ob sie verschlossen war und so blieb ihm nichts anderes übrig, als den Versuch zu wagen, die Tür zu öffnen. Auch auf die Gefahr hin, entdeckt zu werden. Er hatte seine Pistole bereits entsichert in der Hand, als er die Klinke ergriff und nach unten drückte. Er hatte Glück; die Tür war nicht verschlossen. Keiner nahm von ihm Notiz. Drei Personen waren so miteinander beschäftigt, dass ihnen nicht auffiel, wie Tom den Raum betrat. Er überblickte die Situation sofort und nahm Augenkontakt mit den anderen Kindern auf, die völlig verängstigt an der Wand kauerten. Mit wenigen Handzeichen gab er Ihnen zu verstehen, sich leise und langsam zu Tür zu bewegen, bevor er die anderen drei laut ansprach.

Nun steht er vor der offenen Tür, mit der Waffe in der Hand, und zielt auf den Kindesentführer.

Der denkt jedoch nicht daran, auf die Kinder zu verzichten. Tom kann nicht wissen, dass dem Unbekannten gewöhnliche Kugeln nichts anhaben können. In Johannes fängt es an zu brodeln. Immer mehr beginnt die Wut sich in ihm auszubreiten und Besitz von ihm zu ergreifen.

Niemand würde ihn daran hindern, sein Werk zu vollenden.

Was Tom dann sieht, lässt ihn fast erstarren. Der Unbekannte beginnt sich zu verwandeln. Seine Augen werden rot wie Feuer. Die Hände und Füße wachsen um das Doppelte an und die Finger sowie die Zehen krümmen sich zu Klauen. Auch der ganze Körper wächst um das Dreifache an, sodass er fast mit dem Kopf die Decke berührt. Durch die gerissene Kleidung kann Tom sehen, dass sich der Körper mit Fell überzieht.

Sebastian, der noch immer an Johannes Körper hängt, verliert den Halt und fällt zu Boden. Schnell robbt er von dem Untier weg und versucht laut schreiend zur Tür zu gelangen. Aber er schafft es nicht, an Johannes vorbeizukommen. Kurzentschlossen zieht er sich in die Ecke zurück. Sein kleiner Freund hat mehr Glück. Er ist nicht zu Boden gestürzt und dadurch in der Lage, sich auf dem Absatz umzudrehen und loszulaufen. Es sind nur wenige Meter bis zum rettenden Ausgang, doch für Sebastian zu weit und nicht möglich, ihn zu erreichen. Johannes, der vor Wut kocht, hat nicht vor, seine Opfer freiwillig herzugeben. Er baut sich zwischen Sebastian und dem Ausgang auf und versperrt ihm so den Fluchtweg. Aus seiner

Gurgel ist ein lautes Knurren zu hören. Er reißt sein Maul auf und gibt einen fürchterlichen Ton von sich. Einen Ton, der sich so anhört wie ein jaulender Wolf. Noch bevor Johannes sich eines der beiden Kinder packen kann, schießt Tom das ganze Magazin leer. Keine einzige Kugel hat das Tier verfehlt. Aber warum fällt es nicht zu Boden? Seine Kugeln hinterließen keine Wirkung.

Hier geht es nicht mit rechten Dingen zu. Mittlerweile wird Tom klar, dass hier keine normale Waffe eine Wirkung erzielen wird. Er schreit den Kindern zu: "Lauft, lauft so schnell ihr könnt. Raus hier. Alles raus hier!" Die Kinder geben Gas. Keiner läuft hier mehr leise. Laut schreiend und wild durcheinander drängen sie zur Tür.

Die meisten der gefangenen Kinder kann Johannes nicht aufhalten, doch Sebastian sowie das kleine Mädchen wird er nicht hergeben. Dafür wird er sorgen.

Tom und das Ungeheuer stehen sich gegenüber und belauern sich. Keiner der beiden spricht auch nur ein Wort. Sie warten. Wer wird den ersten Schritt wagen und angreifen? Die Stimmung ist zum Zerreißen gespannt und keiner von ihnen wagt zu atmen. Tom ist bewusst, dass er gegen dieses Tier keine Chance hat. Vielleicht, wenn Nasty und die Polizei hier wären, aber noch ist niemand zu sehen oder zu hören.

Er ist fest entschlossen, die Kinder zu retten. Auch unter Einsatz seines Lebens. Wer vermisst ihn schon? Niemand! Sein einziger Halt und Freude sind die Besuche bei Nasty gewesen, aber Familie hat er nicht mehr. Er ist allein und niemand wird ihn vermissen. Die Kinder sind noch so jung, denkt Tom. Sie haben noch das ganze Leben vor sich. Sie haben Eltern, die sie lieben, Freunde. All das hat er nicht. Er hängt noch seinen Gedanken nach, als plötzlich Bewegung ins Spiel kommt. Johannes, inzwischen vollständig zum Tier verwandelt, springt vor, doch Tom sieht die Situation rechtzeitig kommen und hechtet mit einem gezielten Sprung in den anfliegenden Körper. Er packt mit beiden Händen zu und umklammert den Leib des Tieres. Beide rollen über den Boden. Inzwischen haben die Kinder die Tür erreicht und können durch den langen Gang zum Hauptausgang verschwinden. Nur das kleine Mädchen mit den niedlichen Zöpfen und Sebastian bleiben zurück und hocken verängstigt in der Ecke. Die Kleine hatte sich in einer unbeobachteten Situation leise vom Tisch gleiten lassen und war unauffällig zu Sebastian hinübergekrochen. Der hat inzwischen seinen Arm um die Schultern des Mädchens gelegt und, versucht ihr so Trost zu spenden, während er still beginnt zu beten.

Ebenfalls zurück bleibt Tom, in den Fängen des Untieres, das voller Zorn brüllt und nur noch eines will. Den Tod des Mannes, der ihm sein Werk zerstört und den Kindern zur Flucht verholfen hat. Wieder und wieder schlägt er seine Klauen in den Leib von Tom, selbst als dieser nur noch wehrlos und bewegungslos vor ihm auf dem Boden liegt.

Johannes beschließt, ihn mit seiner ganzen Macht zu bestrafen und beginnt sich sofort auf seine Energie zu konzentrieren.

Nur wenige Sekunden später befindet sich der Raum in einem violetten Licht und mittendrin Johannes, aus dessen Körper violette Blitze zucken.

*

Nasty sitzt am Steuer ihres Golfs und weiß kaum was sie denken soll. Tom hat tatsächlich den Entführer ausfindig gemacht und ihnen den entscheidenden Hinweis gegeben. Der Entführer befindet sich mit den Kindern in dem alten Bunker im U-Bhf Hermannstraße. Sie kennt den Bunker. Wenn auch nur von außen. Er befindet sich auf einem Zwischenplateau zum Bahnsteig und ist stets verschlossen. Nur die Angestellten der Bahn besitzen einen Schlüssel. Ihr ist unklar wie der Fremde die Kinder dort rein gebracht hat, ohne entdeckt zu werden. Tom hat ihr erzählt, wie der Unbekannte im Park plötzlich im Nichts verschwand und auch die Frau, die ihr im Studio erschien war, erzählte von unheimlichen Begegnungen aus einer anderen Welt. So ist es dem Fremden wohl auch möglich, durch verschlossene Türen zu gehen.

Der Kommissar hatte gleich nach dem Telefonat zum Handy gegriffen und Hansen angerufen. Er hatte ihn gebeten, mit Verstärkung zum Bahnhof zu kommen, bat ihn aber, nichts zu unternehmen und auf den Kommissar zu warten, falls Hansen vor ihnen eintreffen sollte. Den Rest der Strecke hätten sie eigentlich in weniger als 15 Minuten schaffen müssen, doch wie es der Zufall so wollte, schaltete fast jede Ampel auf Rot, wenn sie an eine Kreuzung ranfuhren.

Nasty trommelt nervös mit den Fingern aufs Lenkrad. Nun werd' schon endlich grün, flucht sie vor sich hin. Der Kommissar sitzt schweigend neben ihr und starrt ebenfalls nach vorn auf die Straße. Beide hängen ihren Gedanken nach. Was würde sie erwarten? Die paar Minuten kommen ihnen vor wie eine Ewigkeit. Von Nasty weiß der Kommissar, dass ihm seine Waffe nichts nützen wird. Er ist auf sie und ihre manipulierten Waffen angewiesen. Darum hat er beschlossen, sich erst einmal im Hintergrund zu halten und nur einzugreifen, wenn sie nicht allein mit dem Entführer zurechtkommt.

Endlich biegen sie in die Hermannstraße ein. Es sind nur noch wenige Meter bis zur Emser Str. Sie stoppt den Wagen in der zweiten Reihe und steigt nach einem kurzen Blick in den Außenspiegel aus dem Wagen. Auch der Kommissar tut es ihr gleich und öffnet die Wagentür. Zeitgleich trifft Hansen mit zwei Streifenwagen und sechs Männern zur Verstärkung ein. Sie stoppen ihre Autos hinter dem Golf und gesellen sich zu den beiden. Nasty merkt, wie sie die Blicke der Polizisten auf sich zieht. Sie ist sich ihrer Wirkung sehr wohl bewusst. Während der Kommissar mit Hansen und den Polizisten die nächsten Schritte bespricht, schaut Nasty sich nach Tom um. Zu sehen ist er nicht. Sie hatten jedoch gemeinsam vereinbart, dass er vor der Eingangstür zum

Bunker auf sie warten soll. Sie beschließt, die Stufen hinunter zum Bunker zu gehen. Sie gibt dem Kommissar noch kurz Bescheid und geht dann los.

Viel Betrieb herrscht um diese Zeit nicht mehr. Vereinzelt laufen ein paar Leute an ihr vorbei, ohne sie jedoch zu beachten. Sie hat bereits die Hälfte der Strecke hinter sich gebracht als ihr die offen stehende Tür zum Bunker auffällt. Ihre Anspannung nimmt zu. Sie hat das Gefühl, innerlich zu zerreißen. Von Tom ist noch immer nichts zu sehen. Wo kann er nur stecken? Es ist überhaupt nicht seine Art, unzuverlässig zu sein. Sie konnte sich bisher immer auf ihn verlassen. Hier musste etwas vorgefallen sein, was Tom dazu veranlasst hatte, seine wartende Position aufzugeben. Bevor Nasty ihren Gedanken zu Ende bringen kann wird sie jäh in die Wirklichkeit zurück geholt. Hinter der Tür hört sie Geräusche, die bis hoch zu ihr auf die Treppe dringen. Es hört sich an wie das Schreien von Kindern, die voller Panik sind. Ohne nachzudenken greift Nasty zu ihrer Peitsche und lässt die Riemen gekonnt zu Boden gleiten. Mit der anderen Hand greift sie zu dem Beutel mit den Spanischen Kugeln und rennt los.

Mit einem gezielten Sprung hetzt sie über die letzten Stufen und ruft laut nach Tom. Keine Antwort, nur das panische Schreien von Kindern ist weiterhin zu hören. Sie reißt die Tür vom Bunker auf und läuft in den Gang hinein, während ihr eine Horde ängstlicher Kinder entgegenrennt. Am Ende des Ganges sieht sie eine geöffnete Tür, aus der ein violettes Licht scheint. Die Kinder rennen noch immer Hilfe rufend auf sie zu. Nasty stoppt das erste Kind, das auf sie zustürmt. Es ist ein kleines Mädchen. Über ihre Wangen kullern große Tränen. Auch die anderen Kinder stoppen ihren Lauf. Aufgeregt reden alle auf Nasty ein. Sie hört die Kinder von einen Monster reden, das riesengroß ist und scharfe Zähne hat, das sie alle fressen wollte. Sie beugt sich zu den kleinen Mädchen hinunter und schärft ihnen ein, bis zum Ende des Ganges zu laufen. Dort würden Polizisten warten und sie beschützen, bis ihre Eltern sie abholen würden.

Nur mühsam erhebt sie sich und starrt zur Tür. Sie drückt das kleine Mädchen noch mal liebevoll an sich und schiebt es dann in Richtung Ausgang.

"Nun aber los kleine Maus", sagt Nasty und blickt in die Runde. Oh Gott, so viele Augenpaare die sie ängstlich und doch voller Hoffnung anschauen. Nasty muss schlucken. Gott sei Dank ist den

112

Kindern nichts passiert. Sie ist froh über jedes einzelne Kind, das nur mit einem Schrecken davon gekommen ist. Aber was ist mit Tom? Er ist weit und breit nicht zu hören und zu sehen. Während die Kinder wild durcheinander Richtung Ausgang laufen, dreht sich Nasty um. Ihr Herz schlägt in einem wilden Takt. Die Nerven sind völlig angespannt. Sie hat Angst. Richtige Angst. Sie glaubt keine Luft zu bekommen. Es fühlt sich an, als würde ihr jemand die Kehle zuschnüren. Mit langsamen Schritten geht sie auf den Raum zu, in dem das violette Licht leuchtet. Aus dem Inneren sind schreckliche Geräusche zu hören. Es hört sich an wie das knurren eines wütenden Tieres. Plötzlich hört Nasty hinter ihrem Rücken ein Rascheln. Ruckartig dreht sie sich um. Vor ihr steht ein kleiner Junge. Seine Stimme klingt leise und zittrig.

"Da sind noch Kinder im Raum. Kannst du sie retten?" Seine Augen sind nass von seinen Tränen und seine Wange ist ganz verschmutzt. Nasty bleibt vor Schreck das Herz stehen. Sie beginnt zu zittern, reißt sich jedoch vor dem kleinen Jungen zusammen. "Wie viele Kinder sind denn noch dort drin?", fragt sie den Jungen? "Zwei, antwortet er. Ein Junge namens Sebastian und ein Mädchen. Bitte, Du musst sie retten.

Sebastian hat so lange versucht, uns vor dem bösen Tier zu beschützen, bis der Mann in der Tür stand und geschrien hat, dass wir alle raus laufen sollen. Er hatte eine Pistole und hat auf das Monster geschossen. Das Monster hat aber den Mann gepackt und verhauen. Der konnte auch nicht mehr weglaufen. Der hatte ein kaputtes Bein. Deswegen war das Monster stärker. Bitte hilf ihnen, bitte!"

Nasty denkt sofort an Tom. Es kann nur Tom gewesen sein, der es den Kindern ermöglicht hatte, die Flucht zu ergreifen. Sie beugt sich zu dem kleinen Jungen runter und lächelt ihm zu. "Ich hole sie da raus. Hab keine Angst. Bald ist dein Freund wieder bei dir." Sie nimmt ihn nochmal kurz in den Arm und drückt ihn an sich. "Nun lauf und sage der Polizei Bescheid, dass ich Hilfe benötige. Sie steht oben am U-Bahnausgang und wartet schon." Der Kleine umarmt sie noch mal und flitzt so schnell er kann davon.

Nun bleibt keine Zeit mehr. Sie umklammert ihre Peitsche und die Spanischen Kugeln und geht die wenigen Schritte vor bis zur Tür. Noch immer ist das unheimliche Knurren zu hören. Sie ergreift die Klinke und zieht die Tür weit auf. Vor ihr steht eine Gestalt, die nichts von einem Menschen hat. Sie dreht ihr zwar den Rücken zu, doch sie kann auch so sehen, dass sie es hier mit einem Wesen zu tun hat, dass mehr einem Tier gleicht. Es befindet sich umhüllt von violettem Licht und hockt in gebeugter Stellung über etwas, das am Boden liegt. Nasty erkennt Tom sofort. Er liegt leblos unter dem Tier. Sein Kopf liegt verdreht auf der Seite. Sein Körper besteht aus mehreren offenen Wunden, aus denen das Blut geflossen war. Das Tier hatte ihn gnadenlos zugerichtet und ihm anschließend das Genick gebrochen. Sie muss schlucken. Ihr ist zum Heulen zumute. Sie hat Tom gemocht und nun musste sein Leben auf so tragische Weise enden.

Auch die beiden Kinder sieht Nasty. Sie hocken in einer Ecke und verhalten sich ganz still. Der Junge hat beschützend die Arme um das kleine Mädchen gelegt und starrt sie an. Er hatte wohl nicht mehr mit Hilfe gerechnet und ist umso erstaunter, als er Nasty erblickt. Sie legt die Finger auf ihre Lippen und signalisiert den beiden, sich still zu verhalten.

Noch immer dreht Johannes ihr den Rücken zu. Er hat noch nicht bemerkt, dass Nasty den Raum betreten hat. Viel zu sehr ist er mit dem Körper beschäftigt, der vor ihm auf dem Boden liegt.

Sie greift zu den Kugeln. Jetzt nur nicht den Kopf verfehlen Nasty, sonst ist es aus denkt sie sich, zielt und wirft mit voller Wucht die Kugeln dem Tier an den Schädel. Die Kugeln haben sich in der Zwischenzeit erwärmt und eine Farbe angenommen, die an Feuer erinnert. Dass die Kugeln warm wurden liegt nur daran, dass sich hier in diesem Raum ein Wesen aus einer fremden Welt aufhält, dass sich der schwarzen Magie verschrieben hat. Doch leider hat Nasty Pech. Die Kugeln treffen zwar den Schädel von Johannes, prallen jedoch von ihm ab und fallen zu Boden. Der dreht sich ruckartig um und schreit. Mit seinen Klauen greift er reflexartig an die Stelle, wo ihn die Kugeln getroffen haben. Dort, wo die Spanischen Kugeln den Kopf berührten, bilden sich Wunden, aus denen kleine Flammen schießen, die sich langsam ausbreiten. Die Flammen züngeln ununterbrochen. Sie bereiten ihm große Schmerzen, aber noch ist er nicht tot und keineswegs bereit aufzugeben.

Nasty ist inzwischen in den Raum hinein getreten und geht näher auf das Tier zu. Ihre Peitsche hält sie schlagbereit in der Hand. Auch die Riemen haben eine glutrote Farbe angenommen. Es scheint, als würde die Peitsche die schwarze Magie spüren und richtet sich auf einen Gegenschlag ein. Nasty kommt dem Tier immer näher. Beide schauen sich an. Keiner lässt den anderen aus den Augen. Johannes kann spüren, dass sich hier zwei Gegner gegenüber stehen, die sich nichts schenken werden. Er hat starke   Schmerzen. Das Feuer ergreift immer mehr Besitz von ihm. Er weiß, dass er handeln muss, wenn er nicht sterben will. Er muss versuchen, diese Person los zu werden, um in seine Welt unterzutauchen. Dort kann er sich von seinen Wunden erholen.

Hier, in dieser Welt, kann er die Gefahr genau spüren die von der Frau ausgeht, die hier plötzlich und unerwartet auftauchte. Sie besitzt die Macht der weißen Magie und kann ihn besiegen. Da ist Johannes sich ganz sicher.

Nasty und Johannes belauern sich. Nasty bleibt jedoch weit genug entfernt von ihm   stehen, sodass er sie nicht greifen kann. Johannes, der noch immer vom violetten Licht eingehüllt ist und seine Wut nicht mehr kontrollieren kann, lässt die Farbe noch intensiver leuchten.

Während Nasty versucht, sich ein genaueres Bild von Johannes zu machen, spannt dieser seinen Körper an und setzt seine ganze Konzentration auf seine Körpermitte, aus der er sich die Kraft für seine Energie holt. Nur Sekunden später schießen violette Blitze auf Nasty zu und treffen sie in Brusthöhe mit solch einer Wucht, dass sie vom Boden abhebt und mit den Rücken gegen die

Wand prallt, wo sie benommen liegen bleibt. Nur mühsam kann sie sich wieder aufrichten und bleibt angelehnt an der Wand stehen, während sie ihre Peitsche krampfhaft in den Händen hält. Sie fühlt überall in ihrem Körper Schmerzen. Ihr Atem geht schwer. Ihre Beine zittern. Es scheint, als würde sie innerlich verbrennen. Aber sie bleibt stehen. Ihr Schädel dröhnt, ihr ist schwindelig, aber sie bleibt bei Bewusstsein. Mit langsamen Schritten kommt Johannes auf Nasty zu und bleibt vor ihr stehen.

"Wer bist du", brüllt er ihr entgegen? "Ich kenne dich nicht! Ich kenne viele Menschen aber niemanden, der so ist wie du." Er steht über sie gebeugt und schreit und tobt. Aus seinem Maul schäumt es so stark vor Wut, dass Nasty die Flüssigkeit ins Gesicht spritzt. Angewidert verzieht sie das Gesicht. Johannes flucht und brüllt; ist völlig außer sich vor Zorn.

Was sich dabei hinter seinem Rücken abspielt, bemerkt er nicht. Er bemerkt auch nicht, wie Sebastian leise zu den Kugeln kriecht, die unbeachtet im Raum liegen. Ein schneller Griff und schon liegen sie in seiner Hand. Leise robbt er wieder zurück zu seinem Platz und verhält sich weiterhin still.

Johannes, der die Schnauze inzwischen mächtig voll hat, erhebt seine Klaue zum vernichtenden Schlag. Er weiß genau, ihm bleibt keine Zeit mehrwenn er überleben will. Er muss die Frau vernichten. Das Feuer breitet sich mittlerweile immer weiter aus und reißt riesige Löcher in seinen Körper. Nur in seiner Welt ist er imstande, die Wunden zu heilen.

Noch in Gedanken versunken, trifft ihn wie aus dem Nichts ein stechender Schmerz im Rücken. Er taumelt zurück. Nicht weit hinter ihm steht Sebastian und starrt das Tier an. Er hatte die Gefahr erkannt, in der sich Nasty befand, und die Spanischen Kugeln so stark er konnte Johannes in den Rücken geworfen. Er hatte gesehen, was diese Kugeln beim ersten Wurf der Frau für eine Wirkung erzielten hatten und hofft jetzt, dass diese Kraft noch einmal einsetzen würde, um dieses Tier zu stoppen.

Johannes weicht zurück. Er brüllt vor Schmerzen, aber er gibt sich noch nicht geschlagen. Er will nun endgültig die letzten Menschen, die sich noch hier im Raum befinden, mit einem riesigen Energiestoß vernichten. Er konzentriert sich nochmal auf seine innere Kraft. Doch auch Nasty hat in der Zwischenzeit genug Kraft gesammelt, um einen gezielten Peitschenhieb gegen

Johannes einzusetzen. Noch bevor Johannes zum alles entscheidenden Schlag ausholen kann, aktiviert Nasty die Formel und ruft laut: "Licht der Engel, leuchte gegen das Böse" und schlägt zu. Mit voller Wucht treffen die drei Riemen den Körper des Tieres. Alle drei Riemen glühen feuerrot. Die geballte Macht der weißen Magie trifft auf die Kraft der Hölle. Johannes hat keine Möglichkeit zu reagieren. Kein Schrei ist zu hören. Nur noch ein letzter Augenkontakt mit der Frau, die seinem Leben ein Ende setzt. Seine Haut löst sich in verkohlten Fetzen vom Körper. Übrig bleibt lediglich ein kleiner schwarzer Klumpen. Ein Anblick, den Nasty den beiden Kindern gerne erspart hätte. Aber auch sie wurde von der eingetretenen Reaktion, die Ihre Peitsche verursacht hat, völlig überrascht. War das nun das endgültige Ende einer Kreatur, die über so lange Zeit in einer anderen Welt, einer Welt in der das Böse herrschte, überleben konnte? Nasty ist überzeugt davon. Was für eine Gefahr soll von einem kleinen Klumpen Schwarze Masse ausgehen? Sie hat von Magie nicht wirklich Ahnung, aber hier ist sie tatsächlich von einem Sieg über das Böse überzeugt.

Erleichtert lächelt Nasty Sebastian zu. "Du bist also Sebastian?", fragt Nasty. "Ja, der bin ich. Woher weißt du denn meinen Namen?" "Dein kleiner Freund hat ihn mir im Flur verraten. Er wartet draußen auf dich." "Ist mein Papa auch draußen?" "Das weiß ich nicht, Sebastian, aber die Polizei wartet vor der Tür auf uns. Die hat sicherlich deinen Vater informiert, dass er dich abholen kann."

"Die Polizei steht nicht vor der Tür, sondern ist bereits hier", hört Nasty Herrn Schuppenliepert sagen. Sie dreht sich um und blickt in die besorgten Augen des Kommissars. "Ist alles ok mit Ihnen?", fragt er und schaut besorgt in die Runde? "Ich wurde am U-Bahneingang aufgehalten. Ich habe dort oben einen Haufen von Kindern, die alle durcheinander sprechen und von einem riesigen Monster mit scharfen Zähnen und Klauen erzählen. Wo ist dieses Biest?" "Das erkläre ich ihnen später, Herr Kommissar" sagt Nasty und lacht ihn an.

"Na dann wollen wir mal die gute Stube hier verlassen und zu euren Eltern gehen", sagt der Kommissar zu den Kindern und greift freundlich lächelnd nach der Hand des kleinen Mädchen mit den niedlichen Zöpfen. Das hält seine Hand ganz fest und schlendert mit ihm zum Ausgang, während Nasty sich um den kleinen Sebastian kümmert. "Sag mal, bist du nicht der Junge, der mich letzte Nacht angerufen hat? Deine Stimme kommt mir so bekannt vor", fragt sie ihn. Der staunt nicht schlecht und guckt Nasty mit großen Augen an. "Du bist die Frau am Telefon gewesen?" "Ja, da staunst du wie? Mein Name ist Nasty Prickteaser aber du kannst mich Nasty nennen. Jetzt, wo wir beide uns doch kennen gelernt haben, und gemeinsam den Bösewicht besiegten." "Ja, das mache ich", strahlt er sie an. "Sind wir denn jetzt auch Freunde?" Sebastian schaut Nasty mit großen Augen an und strahlt übers ganze Gesicht. "Na klar doch", erwidert sie und streichelt ihm über den Kopf. "Wouw, so eine tolle Freundin hatte ich noch nie." "So junger Mann, dann wollen wir aber auch mal nach draußen gehen, die anderen warten sicher schon." "Ok, gehen wir", sagt Sebastian und greift nach der Hand von Nasty.

*

Sie wollen gerade durch die Tür gehen, als sie das leise Flüstern vernehmen. Ganz zart und doch hörbar. Sebastian, Sebastian. Beide bleiben abrupt stehen und erstarren. Keiner von beiden traut sich umzudrehen, als sie erneut das leise rufen seines Namens hören. "Sebastian, komm'

122

und schau her...." Ganz langsam drehen sich beiden um. Nasty erkennt die Stimme sofort. Es ist die Stimme der Frau aus ihrem Studio. Es ist, als geschieht hier gerade ein Wunder. In der Mitte des Raumes erscheint ein Licht. Das strahlt so hell und doch blendet es nicht ihre Augen. Sebastian reißt vor lauter Staunen seinen Mund weit auf. "Du kannst ruhig rüber gehen zu dem Licht. Es wird dir nichts tun", flüstert Nasty ihm zu. "Ich kenne es schon. Schau genau hin. Es möchte dich jemand besuchen." Nasty lächelt ihm aufmunternd zu und schiebt ihn sanft dem Licht entgegen.

"Komm näher, kleiner Mann. Komm! Fürchte dich nicht." Schritt für Schritt geht er auf das Licht zu, dreht sich aber immer wieder zu Nasty um und sucht ihre Hilfe. "Geh ruhig, habe keine Angst. Ich bleibe hier und pass auf dich auf."

"Mein Junge, ich bin sehr stolz auf dich", hört er die Stimme aus dem Licht flüstern. Jetzt erkennt auch Sebastian diese Stimme. Aber das kann nicht sein. Diese Stimme gehörte seiner Mutter, aber diese war vor einigen Jahren gestorben. Wie kann das sein? Warum kann er sie nicht sehen? "Bist du es wirklich?", fragt er in das Licht hinein? Er ist jetzt ganz nahe und kann die Wärme spüren. Sie ist nicht unangenehm und macht ihm auch keine Angst mehr. "Komm noch näher mein Junge, streck deine Hand aus!" Ohne zu überlegen streckt Sebastian seine Hand aus und führt sie ins Licht, als plötzlich ein zartes Flimmern in Inneren entsteht und die Umrisse einer Frau erscheinen. Es sind die Umrisse seiner Mutter. Sebastian beginnt zu weinen. Er hatte so oft gebetet sie wiederzusehen, nur einmal noch, ein einziges Mal und nun war seine Mutter hier. Ohne dass er es will, bricht alles aus ihm heraus. Er erzählt, was ihm mit Johannes widerfahren war. Wie es dem Papa ginge und wie sehr die beiden sie vermissen. Seine Mutter hört ihm geduldig zu und lässt ihn reden, während das Licht sie umhüllt.

"Ich kann dich fühlen, mein Junge." Sie haucht ihm noch eine Träne von der Wange und flüstert Sebastian zärtlich ins Ohr: "Ich muss nun gehen mein Kleiner. Denk immer daran, deine Mutter ist immer in deiner Nähe. Sie passt auf dich auf. Ich habe dich lieb und richte deinem Vater von mir aus, dass ich ihn liebe und sehr sehr stolz auf meine beiden Männer bin. Lebe wohl und vergiss nie meine Worte." "Vielen Dank, Nasty Prickteaser", ist das letzte, was Sebastian noch hört, bevor das Licht so plötzlich verschwindet, wie es erschienen war.

Nasty hat sich im Hintergrund gehalten. Auch sie hat alles mit angehört und ist den Tränen nahe. Sie ist es auch, die dem kleinen Sebastian sanft auf die Schulter tippt, der noch immer an derselben Stelle steht und ins Leere schaut. "Hast du das gesehen? Du hast sie doch auch gesehen, oder? Ich habe doch nicht geträumt?" "Nein, mein kleiner Freund, das hast du nicht. Sie war echt. Sie hat ganz allein nur zu dir gesprochen. Es war deine Mutter, die mir den Tipp gegeben hat wo ich dich finden kann. Sie hat mir auch geholfen, dass meine Peitsche und die Kugeln den Bösewicht besiegen konnten. Ohne Ihre Kraft wären wir chancenlos gewesen. Sie passt auf dich auf, wie sie es dir versprochen hat." Nasty lächelt ihm zu und zieht ihn sanft zum Ausgang. "Komm, die anderen warten schon."

*

Auf der Straße herrscht ein absolutes Durcheinander. Haufenweise Schaulustige drängen sich in kurzer Entfernung zum U-Bahneingang. Es ist natürlich nicht verborgen geblieben, dass hier etwas passiert sein muss, da die Polizei den Zugang zur U-Bahn abgesperrt hat, um weitere Personen vor der drohenden Gefahr zu schützen. Auch der Bunker selbst wurde für den Zugang gesperrt, damit die Beamten der Abteilung für außergewöhnliche Fälle ihre Arbeit ungestört verrichten können. Tom, der sein Leben für die Kinder geopfert hat, wird so lange mit einen Tuch abgedeckt, bis ein Wagen eintrifft, um ihn abzuholen.

Hansen hat inzwischen mit dem Präsidium telefoniert und den diensthabenden Beamten den Auftrag erteilt, die Eltern der vermissten Kinder über deren Befreiung zu informieren. Was natürlich zur Folge hat, dass innerhalb von wenigen Minuten die ersten Eltern vor Ort eintreffen, um ihre Liebsten in Empfang zu nehmen.

Nasty und Kommissar Schuppenliepert haben sich etwas zurück gezogen und überlassen Hansen das Feld, während sie gemeinsam mit Sebastian auf seinen Vater warten. Auch der ist bereits informiert worden und unterwegs zu seinem Sohn.

Von ihrem Platz aus können sie beobachten, wie die Kinder beim Anblick ihrer Eltern laut Mama und Papa rufen und ihnen in die Arme springen. Es ist ein schöner Anblick. Die Eltern umarmen ihre Kinder und lassen sie nicht mehr los, während den meisten Tränen vor Freude über die Wangen laufen. Auch Nasty lässt die Angelegenheit nicht kalt. Bei so einem Anblick bekommt auch sie feuchte Augen, was dem Kommissar nicht verborgen bleibt. Er nimmt ihre Hand und drückt sie ganz sanft, während er ihr tief in die Augen schaut und aufmunternd zulächelt.

Die Kleinen erzählen wild durcheinander von ihren Erlebnissen und ernten von ihren Eltern lediglich ein Augenzwinkern und Schmunzeln, als sie ihre Kinder von Monster und Ungeheuer sprechen hören. Natürlich glaubt niemand von den Eltern an Monster, aber sie lassen ihre Kinder erzählen. Auch Hansen, der mit den Eltern spricht, klärt sie diesbezüglich nicht auf, sondern lässt sie in dem Glauben, dass der Entführer ein böser Mensch war, den die Kinder als Monster beschreiben.

Nach und nach sind alle Eltern eingetroffen und haben ihre Kinder abgeholt. Auch Sebastians Papa taucht wenige Minuten später auf und hält seinen Sohn überglücklich im Arm. Kommissar Schuppenliepert hat Sebastians Vater kurz begrüßt und entschuldigt sich wenige Minuten später bei Nasty und ihm, da er noch mit seinen Kollegen den Vorfall besprechen will, damit die sich ein besseres Bild vom Tathergang machen können.

Erst als der Kommissar verschwunden ist und Nasty mit Sebastian und seinem Vater allein ist, berichtet Sebastian seinem Vater was er alles erlebt hat in den letzten Tagen. Wie er dem Täter entkommen konnte und wie er es geschafft hat, Nasty anzurufen. Selbst als Sebastian von der Verwandlung von Johannes spricht, wie er sich von einem Menschen in ein Tier verwandelt hat, unterbricht ihn sein Vater nicht, sondern hört seinem Sohn aufmerksam zu und nickt nur ab und zu mit dem Kopf, um ihm zu signalisieren, dass er ihm glaubt. Als Sebastian dann aber vom Erscheinen seiner Mutter berichtet, kommen ihm doch Zweifel. Die ganze Geschichte klingt so unglaublich. Auch er hatte seine Frau unendlich geliebt und vermisst sie sehr, aber kann das alles wirklich geschehen sein? So etwas kann es doch gar nicht geben? Gibt es wirklich ein Leben nach dem Tod? Schon oft hat er Geschichten gehört, in denen man von Gut und Böse sprach, von Himmel und Hölle. Sollten wirklich andere Welten existieren, in denen das Gute und Böse regiert?

Nasty hat sich in den letzten Minuten zurück-gehalten und Sebastian erzählen lassen. So erfährt auch sie, was den Kindern nach der Entführung widerfahren war. Auch wie Tom plötzlich erschien und mit einer Pistole Johannes in Schach hielt, damit die Kinder fliehen konnten. Sebastian schaut Nasty hilfesuchend an.

"Es stimmt alles was Ihr Sohn erzählt", spricht sie seinen Vater an. "Es klingt vielleicht unglaublich, aber es ist wahr. Sebastian sagt Ihnen die Wahrheit." "Meinen Sie das ernst, Frau Prickteaser?" "Ja, ich möchte Sie aber bitten, den anderen Eltern nichts davon zu erzählen. Sie wissen nichts von dem Vorfall. Selbst der Kommissar hat von dem Auftauchen Ihrer Frau nichts mitbekommen und ich denke, das soll auch so bleiben. Das ist etwas, das nur Ihnen beiden gehört. Den Rest werde ich dem Kommissar nachher erzählen wenn hier wieder Ruhe eingekehrt ist."

"Ok, Frau Prickteaser, Sie haben mein Wort." "So, mein Großer, nun wird es aber Zeit fürs Bett. Es ist schon ziemlich spät. Wir sollten jetzt gehen." Er ergreift Nastys Hand. "Vielen Dank nochmal, Frau Prickteaser. Das werde ich Ihnen nie vergessen. Sie haben meinem Sohn das Leben gerettet." "Ist schon ok, Sie haben einen verdammt tapferen Sohn. Sie können sehr stolz auf ihn sein." "Das bin ich auch", sagt Sebastians

Vater. "Ohne seine Hilfe wäre der Täter vielleicht doch noch davongekommen", antwortet Nasty und zwinkert Sebastian zu.

"Papa, Nasty ist jetzt meine Freundin; kann sie uns mal besuchen kommen?" "Na klar doch; jetzt aber los, sonst kommst du nie ins Bett." "Tschüs Nasty, bis bald." Sebastian umarmt sie noch mal kurz und läuft seinem Vater nach, der bereits beim Auto wartet, das er in der zweiten Reihe geparkt hatte. "Bis bald, Sebastian." Sie winkt noch mal kurz zum Abschied, bevor er auf der Rückbank des wartenden Wagens verschwindet.

*

Die Uhr schlägt inzwischen kurz vor zwei Uhr in der Nacht und Nasty merkt, wie sehr sie sich nach ihrem Bett sehnt. Es ist in den letzten Stunden viel geschehen, was zu verarbeiten ist. Doch sie ist zuversichtlich, dass es keine negativen Folgen für ihre weitere Zukunft haben wird. Sie sucht kurz nach dem Kommissar. Bevor sie sich voneinander verabschieden, vereinbaren sie noch einen Termin für den nächsten Tag, um das Formelle zu erledigen. Der Kommissar will sich von seinen Kollegen nach Hause fahren lassen. Sie ist ihm sehr dankbar dafür, so muss sie nicht auf ihn warten, bis er seine Arbeit erledigt hat. Als Leitender Ermittler ist es nicht immer möglich, alles stehen und liegen zu lassen. Erst muss die Arbeit beendet werden. Er ist wirklich nicht zu beneiden, aber sie freut sich trotzdem auf ihr Bett. Müde geht sie zu Ihrem Wagen und fährt nach Hause.

*

Die letzte Woche ist für Nasty ruhig verlaufen. Sie hat sich wie vereinbart am nächsten Tag mit dem Kommissar getroffen und ihm erzählt, was im Bunker bis zu seinem Eintreffen passiert war.

Nur die spontane Erscheinung der Mutter verschweigt sie ihm.

Auch der Kommissar hat Neuigkeiten für Nasty. Durch die einzelnen Aussagen der Kinder konnte die Polizei nun nachvollziehen warum der Kindesentführer so gehandelt hatte. Die Welt war doch verrückt. Immer wieder gab es Situationen, die eigentlich nicht nachvollziehbar waren. So auch die Geschichte von Johannes.

Der Kommissar war heilfroh, dass er diesen Fall zu den Akten legen konnte. Wenn er ehrlich zu sich selbst war, musste er doch zugeben, dass ihm die Sache über den Kopf gewachsen war. Solche seltsamen Ereignisse waren ihm in seiner ganzen Polizeilaufbahn noch nie vorgekommen, und er arbeitet schon lange bei der Polizei. Er berichtete ihr noch kurz, dass es den Kindern wieder gut geht und sie bis auf zwei Kinder keine psychologische Betreuung benötigen.

Toms Leiche wurde nach einschlägigen Untersuchungen zur Beerdigung freigegeben und so konnte der Alltag seinen Lauf nehmen.

Nach seinem Bericht hatte er sich von Nasty verabschiedet, nicht aber ohne ihr vorher zu sagen, dass er sich, wenn alles endgültig zu den Akten gelegt wurde, nochmal bei ihr melden wollte.

Und so verging die letzte Woche für Nasty ohne weitere Zwischenfälle. Der Alltag hat sie wieder eingeholt und auch der verstorbene Geist von Sebastians Mutter ist nicht wieder aufgetaucht. Nicht, dass sie es unbedingt wollte, aber nach der ganzen Aufregung der letzten Woche misstraut sie ein wenig der wieder eingekehrten Ruhe. Irgendwie hat sie das Gefühl, dass dieser Fall nicht ihr letzter solcher Art war.

*

Der Sarg wird gerade zur Erde gelassen, in dem Tom seine letzte Ruhe fand. Eine Gruppe von Menschen steht am Grab und weint um einen Mann, den sie zuvor in ihrem Leben nie gesehen haben und dem sie doch so viel verdanken. Ein Grabstein aus edlem Marmor verziert die Grabstelle, auf dem mit goldener Schrift geschrieben steht:

Hier ruht ein Held! In ewiger Dankbarkeit von allen Eltern, denen du ihr Liebstes gerettet hast.

Daneben ein paar wunderschöne Blumen und ein gläserner Bilderahmen in dem das Deckblatt einer Tageszeitung steckt mit einem Foto des Mannes, der sein Leben opferte, um anderen das Leben zu schenken.

Sebastians Vater hatte von Toms Schicksal erfahren und für ein ehrenvolles Begräbnis gesammelt. Die Eltern aller entführten Kinder waren sofort bereit gewesen Geld zu spenden, als sie von Tom und seiner heldenhaften Tat erfuhren. Auch Nasty und der Kommissar stehen am Grab und geben Tom das letzte Geleit.

*

"Hallo Frau Prickteaser, hier spricht Herr Schuppenliepert. Sagen sie, jetzt wo alles vorbei ist, wäre es vielleicht zu viel verlangt wenn ich sie heute Abend zu einem Kaffee einladen würde?" Nastys Herz macht vor Freude einen Hüpfer, als sie die Worte des Kommissars vernimmt. Jetzt, zwei Tage nach Toms Beerdigung, hat sie selbst schon überlegt, den Kommissar anzurufen. Sie hat einfach nicht aufhören können, an ihn zu denken.

"Hallo Frau Prickteaser sind sie noch da?" "Ja, ja bin ich." Sie hat gar nicht bemerkt, dass sie vor lauter Freude über den Anruf nicht geantwortet hat. "Na, haben sie heute Abend Zeit und Lust auf einen Kaffee?" "Gerne, Herr Schuppenliepert. Was halten sie von 20:00 Uhr?" "Passt mir gut." "Ok, wunderbar. Ich hole sie dann ab." "Schön, bis heute Abend dann." "Ach noch was Frau Prickteaser." "Ja, was gibt es denn noch?" "Ich möchte nur noch schnell los werden, dass ich mich auf Sie freue." Er lachte leise, dann legte er den Hörer auf.

 Und ich erst mal....denkt sich Nasty.

Danksagung

Einen besonderen Dank möchte ich meiner Mutti aussprechen. Für ihre Liebe, Geduld und unermüdlichen Einsatz. Mutti, ich bin stolz auf Dich!

Einen Dank auch an Roland, der sich fürsorglich um das Wohl meiner Mutti kümmert und nie einen Zweifel daran gehabt hat, dass mein Werk vollendet wird.

Einen lieben Dank an meine Schwester Bettina, die mir zu jeder Tageszeit hilfreich zur Seite steht und meiner Schwester Cordula.

Meinem Schatz Wolf, der mir täglich Liebe, Kraft und Geborgenheit schenkt

und auch meinen Freunden, die seit Jahren meinen Lebensweg begleiten – Vielen Dank Rosi, Manne, Dudli und Michael B.